TORIHADAGA

HOMURA HIROSHI

PHP文芸文庫

TORIHADAGA

BY

HOMURA HIROSHI

WITH ILLUSTRATIONS by ETSUKO MIUZE

PHP INSTITUTE

5-6-52 Kotoku, Tokyo, Japan
Printed in Japan, 2019.

鳥肌が

穂村弘

次の瞬間

Tさんという友人は常々主張している。「僕はホームの列の一番前には絶対に立たない」と。その気持ちはわかる。電車が入ってきた瞬間に、背後から突き飛ばされたりしたら、まず踏み止まることはできないだろう。

後ろの人に悪意がなくても、列の最後尾で誰かがちょっとよろけただけで、その衝撃がドミノ倒しのように次々に前に伝わってくるかもしれない。悪意も犯人も存在しないのに、被害者だけは生まれる。それが自分だなんて、考えただけでぞっとしてしまう。

というわけで、私もなるべく先頭には立たないようにしている。ただTさんほど徹底しているわけではない。ふと気がついたら、自分が一番前で、後ろにずっと人が列《なら》んでいる、ということもある。その場合、わざわざ最後尾に回るのは躊躇《ためら》われる。仕方ない。次善の策として、油断しないようにしよう。

そう思って、腰の重心を落としながら、頭の中で考える。どーん、どーん、どーん、どーん。「どーん」とは今にも後ろから襲ってくる（かもしれない）衝撃のイメージだ。いつ来ても大丈夫なように心の中で準備しているのだ。ちょっと足を開いて、微妙に踏ん張りながら、どーん、どーん、どーん、どーん、どーん、どーん、どーん、ああ、疲れる。早く電車、来ないかなあ。

だから、地下鉄などのホームで転落防止用のガードを初めてみた時、そうだよなあ、と思ったものだ。どうしてもっと早くできなかったんだろう。

だが、Tさんの主張はそれだけではない。その2があるのだ。「僕は電車の一番前の車両には絶対に乗らない」である。

その1に納得した私も、これにはちょっと戸惑った。

ほ「どうして先頭車両は嫌なの？」

T「危ないから」

ほ「どんな風に？」

T「列車の事故があった時、前方ほどダメージが大きいんだ。死んだり重症を負ったりするケースは殆ど先頭車両に集中している」

へえ、と思う。知らなかった。そうなのか。ホーム上の出来事はともかく、いったん電車に乗ってしまったら、事故はもう自分の力ではどうしようもないのかと思ってた。そこまで考えてるなんて、さすがTさんだ。

そういえば、と思い出す。ゴルゴ13は、電車どころか飛行機事故の時でさえ、生き残るために最善の努力を払っていたっけ。確か、周囲の太った客をクッションにして助かる、みたいなエピソードがあったような気がする。いざって時のために普段からなるべく太った客に目を付けているんだろうか。さすがはプロの中のプロだ。

そう考えてゆくと、次の瞬間に起きることへの想像力には個人差があることがわかる。単に度合いの問題ではなく、人によって気になるポイントにちがいがあると思うのだ。

例えば、私は小さな子供と大きな犬が遊んでいるのをみるのがこわい。これはTさんにも通じなかった。和気藹々《わきあいあい》とした光景のどこがこわいの、と怪訝《けげん》そうだ。

こわいのは、次の瞬間に犬が子供に噛みつく可能性、だ。いくら穏やかな性格の犬でも、絶対ってことはないだろう。何もわからないような小さな子供が、いきなりその目に思いっきり指を突っ込むかもしれない。そうしたら、反射的にガブッ……、と考えてしまうのだ。

でも、そんな風に感じない人の方が多いようだ。その証拠に子供の親も犬の飼い主も楽しそうに立ち話をしている。通りすがりの私ひとりが、次の瞬間をおそれてどきどきしている。

こんな短歌がある。

絹よりうすくみどりごねむりみどりごのかたへに暗き窓あきてをり　葛原妙子

すーすーと眠っている赤ん坊、その傍《かたわ》らの窓が開いている。と、ただそれだけの光景が詠われているのだが、なんとも云えない緊張感がある。次の瞬間に、その窓から入ってきた何かが赤ん坊を連れ去ってしまうような。例えば、それは死神かもしれない。

けれども、「今」はまだ何も起きていない。この歌は「次の瞬間」に起きることへの想像力によって成立しているのだ。「絹よりうすく」と「暗き」によって、それがおそろしい出来事であることが暗示されている。また一首の中心にある筈の「みどりご」が敢えて平仮名書きにされることで、言葉の連なりの中にすっかり溶け込んでいることに気づく。その運命の儚《はかな》さを予言しているようだ。

「母」なるもの

雑誌の短歌欄で、「恐怖」というテーマの作品を募集した時のこと。ユニークなこわさを詠った歌が多く集まったのだが、その中で、特に目を引いた一首があった。

父の小皿にたけのこの根元私のに穂先を多く母が盛りたる

中山　雪

一読して、ぞっとした。こわい。でも、どうしてだろう。家族が揃った食卓の光景の、どこがそんなにこわいというのか。普通に考えれば、むしろ、ほのぼのと幸福な一家団欒のイメージなのに。

作者自身のコメントを読んでみよう。

「一本の筍を煮物にした時、柔らかい穂先の数は限られているため、もし小皿に分けてよそうのなら、それらが均等に配分されるように調整するだろう。多少の誤差はあれど穂先が目に見えて多くなるということは無いはずだ。しかし、母が小皿にそれを盛る時、父も母自身もそっちのけで私の小皿の穂先は多くなる。私は現在二十三歳だが、昔から変わらずに母が母であり続けることがひどく恐ろしい。母親は人に戻れないのかと、そう思う」

なるほど、と思う。非常に論理的で鋭い解説だ。こんなにも賢く成長した女性であっても、しかし、「母」の目からみると、小さな可愛い「雪ちゃん」のままなのだろう。高名な映画評論家の男性が、お母さんが亡くなるまで彼女に自分の排泄物をチェックされていた、というエピソードをふと思い出す。健康状態を調べるためだろう。それにしても……、と思ってしまう。この歌の底にあったのは、永遠に盲目的な母性愛のこわさなのだ。

だが、死がこわいのはわかるとしても愛がこわいのは何故だろう。母性愛とは、一般には無償の愛の典型とされており、それがなければ幸福に育つことが難しいと見なされるほど重要な、人間にとって不可欠な要素である筈なのに。

母性愛に関連してひとつ思いついたのは、「死んだ後」の世界と「生まれる前」の世界の関係だ。そこがどんな場所かわからないという意味で、両者は似ているんじゃないか。人間が「死んだ後」は「生まれる前」の世界に還ってゆく、というイメージも比較的自然なものとして流通しているように思う。

そして、「母」という存在は、「死んだ後」に直接結びつくものではないが、しかし、「生まれる前」とは大きく関わっている。何しろ、〈私〉たちは皆、そこからこの世界に出てきたのだ。全ての〈私〉にとって、「生まれる前」の世界からこの世界への唯一の門は「母」だった。母性愛のこわさは、この絶対的な事実と関連しているんじゃないか。

以前、友人のFさんという女性が母親との関係に悩んでいたことがあった。あまりにも強い愛情を受けて過保護というか、母子の一体感が強すぎたのだ。三十代、四十代になってもお母さんと同じ部屋で眠っている、というのをきいて驚いたこともある。恋人ができても、どうしても結婚まではいけない。お母さんと彼とどっちをとるの？　という無言のオーラに引き戻されるのだ。

彼女が五十代になった或る日のこと。何かの拍子に、八十代のお母さんが独り言のようにこう呟いたという。

「Fちゃんが死ぬのを見届けてからじゃないと、私も死ねない」

鳥肌が立った。Ｆさん本人はどう思ったのだろう。そんなの可笑しいよねえ、と笑っていたけれど。

一般的には、親にとっての最大の不幸は、子供が自分よりも先に死んでしまうこと、とされている。だが、これはその常識を超越する発言だ。究極の母性愛が生んだ言葉がこれか、と思いつつ、でも、でも、でも、と考える。

どう考えてもおそろしい。だって、本当にそんなことになったら、おかしな云い方かもしれないが、〈私〉はお母さんのお腹から出てこなかったのとおんなじになってしまわないだろうか。

「死んだ後」に「生まれる前」の世界に還るとしても、この世に生まれた時の道を再び戻ってゆくことだけは避けたい。同じ門を再び潜《くぐ》りたくはない。

「母」の手によって〈私〉の小皿に筍の穂先ばかりが多く盛られていた、そんな一見微笑ましい日常の光景の中に確かに潜んでいる魔。そのおそろしさとは、愛することで殺す、というか、より正確には、生まれなかったことにする、という母性愛の特異性に根ざしているのだろう。

自分フラグ

『男友だちを作ろう』(山崎ナオコーラ)という本を読んだ。著者が色々な「人に会って、スケッチ風のエッセイを作る」という企画らしい。タイトルの通り、その対象は男性に限られているのだが、その中でこんな言葉に出会った。

「中原さんは、映画は好きだけど、演劇はあんまり観ないっておっしゃっていましたね。その場にいると、もしも自分が急に舞台の上になんかし

ちゃって、その演劇を止めちゃったらどうしよう、って不安になるから
って、あれ、いい話ですよね」

「中原さん」とは小説家の中原昌也氏のことだ。「もしも自分が急に舞台の上になんかしちゃって、その演劇を止めちゃったらどうしよう、って不安になる」ってところが面白い。私にも、その感覚はわかるような気がした。はっきりとは意識していなくても、云われればなんとなく理解できるという人はけっこういるんじゃないか。

たぶん、多くの人は自分自身の振る舞いに自信がない、というか、より正確には、自分の中に眠っているものが、何かの拍子に急に目覚めて、とんでもないことをしでかす可能性を否定しきれないまま、生きているのだろう。

実際に演劇を観て、自分が何もしなければ、一応は安心できる。私の「演劇をぶちこわすフラグ」は立ってなかったんだ、と。だが、絶対とは云えない。「キスシーンのある演劇をぶちこわすフラグ」とか「日本人が外国人の役をや

っている演劇をぶちこわすフラグ」とか、さらに細かい起動条件があるのかもしれないのだ。

これに関連して思い出したのは、学生時代の後輩の夫婦に子供が生まれたので、お祝いに行った時のことである。赤ちゃんを手渡されそうになった私がちょっと躊躇ってから遠慮すると、こんな会話になった。

妻「大丈夫ですよ」
ほ「でも、なんとなく不安だな」
妻「気持ちはわかりますけど」
ほ「赤ちゃんに慣れてないから」
夫「慣れてないとうまく扱う自信がないってこともあるけど、別の不安を感じる人がいるらしいんです」
ほ「どういうこと？」
夫「つまり、一度も赤ちゃんを抱いたことのない人は、実際にそうした時、自分が何をするかわからない、って思うことがあるみたいなんです」

ほ「何をするかって、例えば……」

妻「窓からぽいって捨てちゃうとか」

ありえない、とは思わなかった。私自身はそこまではっきりとイメージしていたわけではないが、その不安はわからなくはない。これはさっきの演劇の例にも通じる話だろう。特定の局面で、何かをする自由を与えられた時、その可能性に対してどんな反応をするのか、自分でも確信がもてないのだ。表現ジャンルとしての演劇や生物としての赤ん坊があまりにも無防備であることが、不安に拍車をかける。

その瞬間、今までに一度も現れたことのない未知の自分が出現しないとは限らない。自分の中に「赤ちゃんを手渡されると窓からぽいっと捨てちゃうフラグ」が立っていたことを、その場で知るのはあまりにもおそろしい。

そういえば、私は昔から低い手摺りの階段や低い柵の屋上がこわかった。軽い高所恐怖症だと思っていたのだが、実は違ったのかもしれない。本当におそれていたのは高い場所ではなくて自分自身、その中の「自分で自分をぽいっと捨てちゃうフラグ」だったんじゃないか。

別に死にたいわけじゃない。怪我だってしたくない。ただ、突然スイッチが入って自分をぽいっとしたくなるかもしれない。「飛び降りる気はない」のに「絶対に飛び降りてはいけない」と思うと、マイナス×マイナスで実行してしまいそう、などと考える。おそろしい。万一そうなった時、「低い手摺り」とか「低い柵」では困るのだ。

などと考えてきたが、逆のパターンもあるらしい。或るミュージシャンは云っていた。僕は初めて手にしたサックスがいきなり自由に吹けた、と。素晴らしい。夢のようだ。「サックスがいきなり自由に吹けるフラグ」なら、もちろん大歓迎。でも、たぶん自分では選べないんだろう。サックスを手渡されると窓からぽいっと捨てちゃう人も世界のどこかにはいるんじゃないか。でも赤ちゃんよりはいいと思います、と云ってあげたい。

他人に声をかける

本屋に入って、目当ての本がみつからないことがある。この辺りだろうと見当をつけた棚の前を行ったり来たり行ったり来たり行ったり来たり……、ない。おかしい。もしかしてこっちの棚かな、と思ってまた同じことを繰り返す。やっぱりない。どうしてもみつからない。仕方ない。急がば回れとばかりに壁際に並んだ検索用の機械に近づくと、なんと全てが使用中だ。なんだか気力が萎えて、諦めてしまった。別に今日じゃなくてもいいや。

お店の人に訊けば良かったのだ。『喧嘩商売』の最新刊はどこにありますか、と。わかっている筈なのに、ふとした弾みで、そのタイミングが狂ってしまうことがある。軽い気持ちで探し始めてみつからない時、なんとなく自力に執着して、あれ、あれ、あれ、変だなあ、というモードになってくると、何故か声をかけるという行為ができなくなる。そんな時こそ誰かに頼るべきなのに、「他人に声をかける」ことのハードルが妙に上がってしまうのだ。旅先で道に迷った時などにも、よく似た現象が起きる。一旦誰かに尋ねるタイミングを逸して、自力に拘《こだわ》るモードに入ると、もう駄目だ。スマートフォンの地図をくるくる回しながら、永遠に首を捻り続けることになる。

「他人に声をかける」ことに関するハードル感覚には、もともとの個人差も大きい。私の妻は外国ですぐに人に話しかける。道を訊いたり、商品を値切ったり。英語が得意なわけではない。聞き取ることも話すことも殆どできないのだ。それなのに、公園のベンチでたまたま隣に座った気難しそうなお爺さんに、突然、折り紙の「鶴」を手渡したりする。同じく英語のできない私が、よ、よ、よしなよ、と止める間もなく、「ジャパニーズ・ツル・フォー・ユー」って、「ツル」はわかんないと思うよ。

折り鶴ならまだいい。だが、先日シンガポールのカフェのウェイトレスに使いかけのポケットティッシュをあげた時はぎょっとした。

「さっきまであれで洟《はな》かんでたよね」

「キティちゃんの絵がついてて可愛いから」

「相手が小さな子供ならともかく……」

「だって、親切にしてくれたから何かお礼がしたかったけど、何にももってなかったの」

ところが、その直後に利用したタクシーを降りる時、彼女が運転手に向かって「フォー・ユー」と何かを渡したのでさらに驚く。

「あげるものが何にもないって云ってたじゃん」

「うん。だから五十円玉をあげたの」

「日本の？」

「穴が開いてて面白いかと思って」

人間の行動パターンって、なんてちがうんだろう、と思う。そんなに気軽に他人に話しかけてこわくないのか。同じ猫でも飼い猫と野良猫とでは、対人的な警戒心というか距離感に大きなちがいがある。が、我々の育ち方には大差はない。彼女が飼い猫で私が野良猫ということはないのだ。

私は思い出す。折り鶴を受け取った時、お爺さんの頑固そうな表情がぱっと笑顔に変わったことを。カフェのウェイトレスもタクシーの運転手も、とっても喜んでいた。もらったモノが嬉しかったわけではないだろう。好意の証を喜んだのだ。でも、私にはそんな風に振る舞うことはできない。

電車で席を譲る時も、激しく緊張する。タイミングよく立てることもあるが、その一瞬を逃すと急に体が動かなくなってしまう。席を譲るのに抵抗があるわけではない、というか、そんなことはどうでもいい。問題は「他人に声をかける」こと自体の中にある。それがおそろしい。席を譲るのは良いこと、良いことをするのに何がおそろしいのか、というのはあまりにも表面的な意見だと思う。良いことだろうが悪いことだろうが、他人という存在の扉を叩く行為は本質的には常におそろしい。何故なら、他人とは、自分とは異なる命の塊だから。そこには眩しいほどの未知性が詰まっている。それこそが恐怖の源であり、同時に喜びの源でもあるのだろう。

本の在りかを尋ねる、サービスのお礼をする、電車で席を譲る、などは社会的に定型性をもった行為であり、それによって「他人に声をかける」ことのハードルが下がる面はある。本屋の店員たちはそのやり取りに慣れている筈。なのに、私はそのハードルすら満足に越えられない。そのくせ奇妙なことに、自分の心の中に、それよりも遙かに高いハードルを越えることへの憧れを感じる。今ここで声をかけることで未来が決定的に変わってしまうような、一期一会のアプローチをしてみたい。何故なら、我々は「他人に声をかける」ために生まれてきたのだから。その思いはたぶん妻よりも私の方が強い。できないくせに。できないくせに。「他人に声をかける」、その恐怖の正体は憧れの強さの裏返しなのだろう。私に似た誰かが、突然、空を見上げて「虹だ」とひとりごとを云う時、それは「みなさん、虹ですよ」という意味にちがいない。

運命の分岐点

先日、テレビのスイッチを入れると、アフリカのなんとか族に会いに行く、という番組をやっていた。草原の道をレポーター一行がどんどん進んでゆく。と、突然、案内人が立ち止まった。

「ちょっと待ってください」

そこは、なんの変哲もない草原の真っ直中だ。ところが、案内人は云った。

「ここが、彼らの村の『玄関』なんです。ここからは一歩でも勝手に入っちゃまずいので」

そして、叫んだ。

「○▲×※@□◆（こんにちはー）!!」

しばらく待つと、あちこちから、なんとか族の人々がにこにこ笑いながら現れた。友好的な挨拶が始まった。

私はその様子をみて、なんとなくこわくなった。にこにこしているのはいい。友好的な雰囲気も。でも、それはたまたま案内人に知識があって、ちゃんと「玄関」の外から声を掛けた結果だろう。仮にそれを知らない者があのまま進んで行ったら、どうなっていたのか、と想像してしまったのだ。

それくらい大したことないでしょう、といくらこちらが思っても、相手は納得しないだろう。西洋人に土足で畳に上がられて握手を求められても日本人が納得できないのと同じだ。侵犯する側は自らの行為の冒瀆性を理解できない。

先の番組の続きによると、なんとか族の女性は乳房よりも足首をみせることを恥ずかしがる、とのことだった。確かに、胸は出しているのに足首にはアクセサリーっぽい布を巻いて隠している。どうして胸よりも足首が恥ずかしいのか、という質問に対して「胸は赤ちゃんのためのものだから恥ずかしくない。でも足首は足首だもの」ということだった。

なんだか不思議に思えるが、逆に考えてみると、我々もまた「どうして足首よりも胸の方が恥ずかしいのか」という問いに即答するのは難しいだろう。何かの拍子に彼女たちの足首に触れてしまったら、と想像して、またしてもこわくなる。謝っても許して貰えないだろう。

運命の分岐点が目にみえる時とみえない時がある。例えば、彼らの「玄関」は私の目には単なる草原の一角にしかみえなかった。足首もまた同様だ。そこに布が巻かれているのは単なるお洒落だと思っていた。まさか恥ずかしがって隠していたとは。運命を分けるポイントに気づかないのはおそろしい。

では、運命の分岐点が目にみえればいいのか、というと、そう単純には云えないと思う。今ここがそれだとはっきりわかっていることのこわさもある。学校や会社の面接などは、ここが運命の分岐点だということがあまりにもはっきりしていて緊張させられる。また初めてのデートなども、楽しいこととは云いつつ、ふたりの運命の分岐点という意味では面接と何ら変わらない。そのために、やはり緊張を強いられる。

大学時代に私はYくんという友達と同居していたのだが、彼の留守中にガールフレンドを部屋に呼んだことがある。そのうちにキスとかなんとか始まってしまった。当時の私は童貞だった。チャンスと思ったのだ。その時、ぴんぽーん、とチャイムが鳴った。Yくんが帰ってきたのだ。焦りのあまり、頭の中が真っ白になった。腰が抜けたようになって立ち上がれない。Yくんは私がいないと思って鍵を出す。ドアが開かれる。がん、という音がした。私はチェーンロックをかけていたのだ。Yくんは驚いたろう。自分の部屋から閉め出されたのだから。

何度かチャイムが鳴って、私はどきどきしながら、それを無視した。その時、あれ？　もしかして、今が我々の友情にとって運命の分岐点なのでは、と思った。しかし、体が動かない。やがて諦めたらしいYくんの足音が遠ざかっていった。ああああ、と思いながら私は呆然とそれを見送った。

数時間後、私とガールフレンドとYくんは三人で笑い合っていた。

Y「チェーンロックには驚いたよ」

ほ「ごめんごめん」

Y「僕でよかったな。もし他の奴だったら、めちゃくちゃ怒って君とはこれっきりになってたんじゃないか」

ほ「ごめんごめん」

笑いながらも、私はまだどきどきしていた。Yくんの云う通りだ。パラレルワールドのどこかひとつでは、私と彼との友情はもう終わっていることだろう。

子役

数年前のこと。対談を本にまとめる企画の打ち合わせを兼ねて関係者と食事をしたことがあった。メンバーは企画を考えた編集者と対談の相手である小説家、それに私という、同世代の男性三人だ。本題の打ち合わせが終わって、お酒を飲みながらの雑談に移っていった。その時、どんな流れからだったか、子役の話題になった。子役ってなんか不思議な存在だよね、と誰かが云い出したのだ。或いは、それは私だったかもしれない。

「大人が大人の役をするのとちがって、子供が子供の役をするって、凄く特殊なことなんじゃないかなあ。いったん大人よりも大人にならないと子供の役はできない。だから強すぎるセルフコントロールを身につけることになるんじゃないか」

「うん。あとね。子役って可愛い子が多いでしょう。でも、それはあくまでも子供として可愛いんであって、そのまま美形の大人になれるわけじゃないよね」

「ああ、そうか。大人の容姿の価値基準はまたちがうもんね」

「だから、子供として可愛い本人がそのまま成長すると、なんとなくアンバランスな存在感になることがある」

「それは観ている我々の中に彼らの子供時代のイメージが強く残りすぎているってこともあるんじゃない」

「そうだね。イメージの中では永遠に子供なのに、それがデフォルメされた大人の姿で出てこられると勝手にぎょっとしてしまうんだ。どう受け止めていいか混乱する、というか」

「あと単純に人生のピークがあまりにも前の方に来すぎるって問題もあるんじゃないかなあ」

「スポーツ選手とかも引退後の後半生で社会的な問題を起こしたりすることがあるけど、それよりもずっとバランスが偏ってるわけだもんね」

「お相撲さんが引退後にダイエットするみたいな、メンタル面の普通化の訓練が要るのかも」

「それはダイエットより難しそうだね。子供の頃の時間感覚ってすごくゆっくりしてるけど、あの厖大なスペースに、大人の側の都合でいろいろなものがどんどん詰め込まれたら何が起きるのかちょっと想像できない」

「子供である自分の現在に先取りした未来が流れ込んでくるのかな」

「いや、むしろその逆なんじゃないか。子供のもっている未来の時間に大人たちの現在が入ってくるというか。いずれにしても、そのことが不可

逆的な宿命の螺子《ねじ》を巻いてしまうような気がする」

「実際に子役は数奇な運命を辿りやすい印象があるね」

「有名子役だった松島トモ子が大人になってからケニアでライオンに襲われた事件があった」

「ああ、最初にライオンに噛まれて危うく助かって、数日後に今度は豹に噛まれて、でもまた助かったんだよね」

「凄い。星を感じる」

「うん。ライオンと豹に続けて噛まれるなんて、やろうとしてもできるもんじゃない」

「あとテレビ版の『子連れ狼』で大五郎の役をやってた子が、大人になってから人を殺した事件があった」

「死生眼をもつ宿命の子か」

「ほんとに鬼気迫る演技してたもんなあ。幼少期に入魂の大五郎を演じた影響が皆無とは思えない」

「うん。子役の人生にはどこか悲劇的な匂いがあるよ」

酔っ払いの放言が続いた挙げ句に、そんなまとめめいた発言が出て、場に一瞬の沈黙が訪れた。その時、ふと気付く。みんなで口々に喋り合っているつもりだったが、実際には小説家と私ばかりが意見を述べて、編集者は静かに座っているだけだったのだ。ずっと黙っていた彼が不意に口を開いた。

「僕、昔、子役だったんです」

小説家と私は、えっ、と絶句。それから、発作的に笑ってしまう。そ、そ、そんなあ。笑いながら、でも、鳥肌が立っていた。その偶然が、彼の心が、こわかったのだ。

「あなた」がこわい

或る日、私が選者をしている新聞の短歌欄に、こんな歌が送られてきた。

ほんとうはあなたは無呼吸症候群おしえないまま隣でねむる

鈴木美紀子

ぞっとした。「無呼吸症候群」とは睡眠時に呼吸が一時停止する病気のことだろう。鼾《いびき》をかきながら眠る「あなた」の呼吸が時折ぴたっと止まる。それを感じながら、〈私〉は暗闇の中でじっと目を光らせている。けれど、〈私〉はそれを「おしえない」。何もしない。ただ「隣でねむる」のみ。「あなた」の身体は確実にダメージを受けてゆく。少しずつ、少しずつ、少しずつ。しかし、崩壊までにはまだ長い時間がかかる。そして、二人の距離はあまりにも近い。〈私〉は眠っていない時の「あなた」と普通に会話を交わしているのだろう。一緒に御飯を食べて、テレビを見て、時には笑い合って……。おそろしい。

同じ作者の過去の歌に、こんなのがあった。

迷い箸している君の目の前で身じろぎせずに待ってるわたし
鈴木美紀子

この異様な緊迫感はなんだろう、と思っていた。「迷い箸している君」は「目の前」の「わたし」のことを気に掛けている様子がない。そして、「わたし」も「君」の行儀の悪さを注意することはない。それができるような感じではないのだろう。「わたし」は「君」をおそれているようにみえる。「君」が「箸」をつけるまで、ただ「身じろぎせずに待ってる」ことしかできない。そんな二人の関係性を「迷い箸」の数秒間が照らし出す。

「無呼吸症候群」の歌を見て思いついたことがある。それは「目の前で身じろぎせずに待ってる」が「おしえないまま隣でねむる」に転化していったのではないか、という考えだ。「目の前」や「隣」にいながら何もしない、という点で両者は共通している。「無呼吸症候群」を「おしえない」ことは能動的な悪意ではない。「わたし」は心の奥で「君」をおそれている。そのために「身じろぎせずに」「隣でねむる」ことしかできないのだ。だが、その受け身の行為は結果的に復讐に近づいてゆく。

身近な人をおそれる歌をさらに挙げてみる。

気付かない、フリして耳をそばだてて。彼の貧乏ゆすりがこわい

せのみ

「彼の貧乏ゆすりがこわい」が生々しい。「貧乏ゆすり」とは身体の声のようなもの。だからこそ、口から出るどんな言葉よりも直接的で「こわい」のだろう。軽い口調で注意できればいい。しかし、一旦そのタイミングを外すと「気付かない、フリ」をするしかなくなる。これも前述の、何もしないのバリエーションである。「迷い箸」の癖を指摘できなかった「わたし」を思い出す。

よく似た感覚を詠った作品をもう一首。

爪を噛むあなたの顔は獣じみ　こわくてやめてと言えないでいる

オスヘイ

この「あなた」もこわい。夢中で爪を噛んでいるうちに、本能剝き出しの表情になっているのだろう。「獣」に言葉は届かない。だから「やめてと言えない」のだ。「あなた」は気づかない。その「顔」の奥に異様な闇が広がっている。〈私〉は何もしないでただ見ていることしかできない。

ここまでに出てきた「迷い箸」「貧乏ゆすり」「爪を嚙む」といった「あなた」の行為はどれもささやかなものだ。せいぜい行儀の悪い癖というレベルで、もちろん犯罪などではない。しかし、〈私〉たちはいずれも恐怖を覚えている。錯覚などではなく、そこにはおそろしい何かの芽が確かに潜んでいるようだ。

その芽の成長が表現された歌がある。


「ねえ起きて」ほっぺを軽くはたかれて思えばあれが最初のビンタ　ゆに

「『ねえ起きて』ほっぺを軽くはたかれて」までは、恋人たちのスイートな関係にみえる。だが、そこに小さな恐怖の芽が潜んでいた。「思えばあれが最初のビンタ」で世界は一変する。この表現によって、その日から相手の行為がだんだんエスカレートしていったことが暗示されているのだ。

最も身近な「あなた」がこわい、ということが確かにある。

原材料という不安

スーパーやコンビニで手にとったものをひっくり返して、ぞっとすることがある。ずらっと並んだ原材料の文字がこわいのだ。食品についての知識があるわけではない。単純に名前がおそろしい。それについて、こんな短歌をつくったことがある。

カラギーナン、ソルビン酸K、アゾ色素、さようなら、やな原材料たちでも、考えてみると、これらは見るからにこわそうな名前をしているから、まだいいのかもしれない。善良そうな名前で実は体に悪いというのは困る。彼らはあくまでも善玉であって欲しい。信じてるんだから。

カカオマス、ホエイパウダー、麦芽糖、ようこそ、うれしい原材料たち

原材料に関して、それ以外にも「オレンジ味」という文字の横に「無果汁」とあると、一瞬どっちなのか混乱する。カロリーゼロのコーラも、その「ゼロ」というきっぱり感が不安だ。こんなに甘いのにカロリーゼロってどういうことだろう。なんだか幽霊のようじゃないか。食べても本物と区別がつかない人造イクラや人造シラウオ（ちゃんと小さな目がある）などもそれらの仲間だろう。味も感触もあるけど命のない食べ物たち。

逆に、命が入っていることで、ショックを覚えるパターンもある。化粧品の

原材料に「かたつむり」というのも驚いたが、「胎盤」には戦慄《せんりつ》した。また人毛の鬘《かつら》もいったいどこの誰の毛なんだと思うとこわい。その人は今どこで何を？　さらに、身近にありすぎて感覚が麻痺しているが、毛皮のコートや革製品などは、原材料を人間のそれに置き換えてみると異様さが浮かび上がる。

他の命を食べるという行為の直接的な残酷さに較べて、それを加工して使う方がよりこわく思えるのは何故だろう。この感覚はさらに防寒のための衣類よりもお洒落のための服や化粧品や鬘になるほど強まる。人間の生命維持のためのぎりぎりの必要性から遠ざかるほどおそろしさが増してゆくのだ。

或る日、円盤に乗った宇宙人がやってきて、地球の人類諸君、君たちは他の生命に対してなんてことをしてるんだ、我々はその残酷さに驚いた、と云われた時、どう説明するか考えておいた方が良さそうだ。

そういえば、真珠を大きくするには貝の内部に異物を埋め込む必要がある、という話をきいたこともある。つまり原材料はアコヤガイの「苦痛」ということか。貝の痛みに想像が届かないのだが、文化というものの過剰さを感じた。

古代において不老不死の効能を信じられた薬の原材料が実は水銀で、中国の皇帝や日本の天皇が命を縮めたという話もある。

原材料のこわさをよりダイレクトに表現したものとしては、シーザーサラダのドレッシングが実は精液しかもＨＩＶキャリアの、という小説もあった。と思って調べたら、既に類似の事件が現実に起こっていた。我々自身が全ての素材を直接扱わない限り、どんなことでも起こりうる。そして、現代人は何らかの形で必ず商品やサービスの末端ユーザーにならざるを得ない。自らの命を養うものの正体がみえない。「北海道の鈴木さんが作ったニンジン」的な情報をいくら見せられても不安は消えない。何の証拠もないではないか。そのような生活実感に基づいて、ファストフードの原材料を巡るこわい噂はどんどん膨らんでゆく。

近年、最も違和感を覚えた原材料は医薬品に含まれているという「やさしさ」だ。この主張のなんともいえない胡散臭さはどこから来ているのだろう。

同じことを胃にやさしいとか副作用が少ないとか、普通に効能として示せばなんでもないのに、その形にしたとたんにあやしくなる。原材料の魔力である。

現実の素顔

或る日、テレビをつけたら山羊の赤ちゃんが映っていた。「可愛い」とにこにこしながら、女性タレントが手にした哺乳瓶を近づけている。と、赤ちゃんが激しく吸いついた。ちゅばっ、ちゅばっ、ちゅばっ、ちゅばっ、ちゅっばばばばば。女性の顔から笑顔が消えた。「何。やめて。こわい。こわいよ」と本気で怯えている。

思わず笑ってしまったけど、確かにその時の山羊の目は凄かった。完全にイッてしまっている。見てはいけないものを見てしまった感じ。動物の本能が剝き出しになるとこうなのか、と奇妙な感銘を受けた。

ぬいぐるみとは全然違う。反射的にそう思ってしまった私にも、哺乳瓶を投げ出した女性タレントのことを笑う資格はない。勿論ぬいぐるみと本物は違う。でも、ぬいぐるみや漫画やアニメーションの山羊に囲まれて暮らしているうちに、私の頭の中で本物のイメージがそちらに近づいてしまっていたのだ。

だが、あの山羊の目は、一瞬でその思い込みを吹っ飛ばした。それはテレビ番組とか「わあ、山羊の赤ちゃん可愛い」とかいう我々にとっての日常的の枠組みを危うくするほどの何かに思えた。

と書いてきて、ふと考えたのは、映画のベッドシーンしか観たことがない人が実際にセックスをすることになったら、ちょっとそれに近いショックを受けるんじゃないか、ということだ。「何。やめて。こわい。こわいよ」的な。まあセックスの相手は山羊の赤ちゃんほど完全には「我々の日常」を脱ぎ捨てないとは思うけど。

以前、私が選者をしている新聞歌壇にこんな歌が送られてきた。

帰還兄千人針は虱の巣耐えられず焼き捨てしとう　波多野重雄

戦地から帰還した「兄」の体験をそのまま記したと思われる歌だが、一読してショックを受けた。「千人針」が「虱の巣」になって焼き捨てざるを得ない、という事態は私には想像もできなかった。人々の思いのこもった「千人針」は、その人を護ることはあっても苦しめるはずがない、という勝手な思い込みがあったのだ。だが、それは私が生まれ育った平和な時間がつくり出した幻のようなものだろう。

子供を思う親心が、正しさを教えようとする書物が、視聴者に好感を持たれようとするテレビが、よってたかってそんな風に教え込んだのだ。子山羊はぬいぐるみのように可愛い、ベッドシーンはロマンチック、「千人針」には思いがこもる、と。それらは嘘というわけではない。でも、現実の全てを表してはいない。イッてしまった目やぬるぬるの性器や無数の虱を、いつの間にか覆い隠してしまうのだ。

何かの拍子に、そんな「我々の日常」の皮がべろっと剝けると、その下から見たこともないものが顔を出す。うわ、なんだこれ、こわい。でも見つめずにいられない。だってその正体は怪物でもお化けでもない。ただの現実だからだ。

そんな現実が顔を覗かせた例をもうひとつ。お祖母さんが危篤ということで、病院に駆け付けた女性の話である。「おばあちゃん、●●だよ」と耳元で自分の名前を云いながらぎゅっと手を握ったら、ばっと振り払われてしまった。その時、彼女は恐怖に近い驚きを感じたという。意識が朦朧《もうろう》としていたお祖母ちゃんの行動は反射的なものだったに違いない。そうわかっていても、やはりショックを受けてしまった。

病気の時に手を握ってあげるといいという話はよく聞くし、お医者さんもそう勧めたりする。また臨終の間際に最後の力を振り絞って握り返してくれる的なシーンをテレビで何度も観た記憶がある。そんな「優しさ」や「いい話」のイメージが刷り込まれていたのだろう。

けれど、現実は常にそうとは限らない。その後、彼女自身が高熱で寝込んでいる時、恋人が手を握ろうとしてくれたけど、しんどいのに触られるのが嫌と感じて、はっとしたそうだ。それによって先の「お祖母ちゃんショック」は幾分薄らいだと云っていた。

現実、現実、現実の素顔。

夢の中、部屋の中、部屋の外、車の中

繰り返しみる夢というものがある。私の場合、それは悪夢に決まっている。楽しい夢をみないわけではないけど、内容は毎回ちがっている。何度も同じパターンを繰り返すのは、何故か悪夢に限るのだ。

私は洗面所でコンタクトレンズを外そうとしている。人差し指で目尻をきゅっと押さえると、黒目からハードレンズが浮き上がって、ぽろっと掌の中へ落ちる。はずだけど、あっ、と思った時にはもう遅い。弾んだレンズが掌から零れ落ちている。しまった。いや、大丈夫。落ち着け。洗面台にはちゃんと水が張ってある。この中から消えてしまうことはない。レンズには薄いブルーの色も着いている。水を掻き回しながら丁寧に探せば必ず、キラッ。ほら、あった。よかった。私はレンズをみつけて、ほっとする。よし、あとは慎重にこれを摘《つま》み上げて……、ところが、その時奇妙なことが起こる。キラッ。水中にレンズをもうひとつみつけてしまうのだ。そちらも取り出して、較べてみると、さっきのよりちょっとだけ大きい。レンズが増えちゃった。ふたつのレンズを前に呆然としていると、キラッ、キラッ、キラッ、なんということか、もうひとつ、またひとつ、さらにひとつ。次々に水中からレンズがみつかってしまう。少しずつ異なった大きさのレンズたちがずらっと並ぶ。いったいどれが僕のなんだろう。わからない。わからないよ。

　という悪夢を何度もみた。十年ほど前のことである。こんな風に内容を語ってもどこが悪夢なのか伝わりにくいかもしれない。夢の不思議さとは出来事自体にあるのではなく、その感じ方の側にあると思う。悪夢の中の私は、不安感や焦燥感や無力感といったネガティヴな感覚のレベルを全て「最強」に設定されているようだった。現実の私よりも無力なのだ。コンタクトレンズが水中から次々にみつかってしまう。大小のレンズが沢山並んでしまう。どれが自分のものかわからない。その時、夢の中の私は、自分にはどうすることもできないという絶望感に包まれていた。

ところが、目が覚めると、その感覚はたちまち薄れてゆく。なんだ、いったいなにが、なんで、あんなに苦しくてこわかったんだろう。ネガティヴな感覚の設定が悪夢モードから覚醒モードの標準値に戻ったのだ。無力で不安な夢の余韻は消えた。もう心配は要らない。コンタクトレンズ地獄からは逃げ切ったのだ。

にも拘わらず、である。なんだか、まだだるくて頭が痛い。またか、と思う。私は頭痛持ちでバファリンプラスSとサリドンW·iを交互に毎日飲んでいる。体のだるさも昔からだ。「幼稚園の子供が肩凝りなんてするはずないでしょう」、周囲の大人たちにそう云われたのを覚えている。でも、本当に五歳の私の肩はかちかちに凝っていて、揉まれるとたまらなく気持ちがよかった。

頭痛とだるさに加えて心の弱さ。不安感や焦燥感や無力感の設定が悪夢モードの「最強」から、覚醒モードの標準値に戻ったとはいっても、私の場合、それでも「強」はあるだろう。ノーマルな人の平均値「中」よりはネガティヴな感覚が明らかに強い気がする。勿論、心の在り方を他人のそれと直接比較することはできない。でも、自他の行動パターンを比較した結果（私は冬の寒さや外国旅行や合コンやカラオケをひどくおそれる）、そうなんだろうな、と思うのだ。

これは遺伝と環境の影響が大きいと思う。私の母親は、未知の体験に喜びよりも恐怖を見出すタイプだった。テレビのスポーツ番組を観ては「疲れるし危ないからやめればいいのに」といつも云っていた。本気なのだ。スポーツの魅力ではなく、真っ先にネガティヴな側面に意識が向かう。そんな母親に苛立ちながら、しかし、自分にも確実にその血が流れているのを感じる。今日もだるい。頭が痛い。外に出たくない。そう思って、ふがふがと布団の中に潜ってしまう。

だが、用事があってどうしても外出しなくてはいけない日もある。苦しい。だるい体の上に載せた頭の中は得体の知れない不安で一杯だ。そのまま、靴を履いて外に出る。駅までの道をだらだらと歩いてゆく。そのうちに、不思議なことに気づく。なんとなくすっきりしているのだ。頭が、さっきより痛くないみたい。不安の霧も薄れている。どうしてあんなに苦しくてこわかったんだろう。目覚めた時に「最強」から「強」に切り替わった筈のネガティヴ感覚が、さらに「中」に切り替わっているような。これってどういうことなんだろう。体を動かして酸素を取り込んだことや外界の圧力を受けたことが関係あるのかもしれない。

夢の中、そこから目覚めたところは部屋の中、それから嫌々出ていった部屋の外。それぞれに対応している私のネガティヴ感覚は「最強」から「強」から「中」。

さらにもう一段階あることに気づく。車の中だ。自分でハンドルを握ると、奇妙な活力めいたものが湧いてくることがある。好きな音楽と流れる景色。このままどこまでも走ってゆけそうな感覚。気がつけばいつもの不安が消えている。設定が「弱」になったのか。

これは私だけに起きる現象ではないようだ。その証拠に車に乗ると、急に性格が荒々しくなる人は珍しくない。舌打ちしたり、「とろとろ走ってんじゃねえ」と云ったり、クラクションを鳴らしたり、明らかにいつもよりも我が強くなっている。これはたぶん私が一度も味わったことのないネガティヴ感覚「最弱」モードではないか。彼は今、全ての恐怖から解き放たれて、最強のオレ様を感じているのだろう。

死の恐怖の増減

歌人の枡野浩一さんが、死に対する恐怖には個人差があるような気がする、とどこかに書いていた。勿論、全くこわくない人はいないだろうから相対的にということだが、彼自身は死ぬのが余りこわくないのだという。そして、俵万智さんも同じタイプだと思って尋ねてみたらやはりそうだった、ということだった。へえ、と思った。面白いなあ。自分だけでなく他人のことまでわかってしまうのか。

そもそも死がそんなにこわくない人がいるということ自体、私には驚きだった。自分がおそれているので、そんな人の存在は想像したこともなかったのだ。誰もが心の底では激しく死をおそれているわけじゃなかったのか。

そう思って、改めて周囲を眺めてみたところ、それほど死をこわがってなさそうな人がひとりだけ見つかった。それはSさん。彼女は20代の若さでベストセラーを何冊も作った凄腕の編集者だが、一緒に取材などをしている時、底の抜けた剛胆さを感じることがしばしばあったのだ。彼女は彼女で臆病な私の様子を怪訝そうに見ていた。例えば、私はコンビニの店内にヤンキーな人々がいると彼らが出ていくまでレジに近づかない。万一の接触をおそれるからだ。Sさんはそんな私の行動が理解できないようだ。彼女自身は海外旅行などで危険とされる場所にもどんどん踏み込んでしまうらしい。「危ない目に遭うことよりも、何も起こらないことをおそれます」とのことだが、私はこわいことなら起こらない方がいいと思う。その感覚のズレにぴんとくるものがあった。

そこで試しに死について訊いてみると、「いつでも来いですよ」という答え。

やっぱり。でも、そこまで前向きに云われると驚く。思わず「しーっ」と云いたくなった。そんなこと云って、死神に聞こえちゃったらどうするんですか。びくびく。

それにしても、彼女はいかにして「いつでも来いですよ」の境地に達したのか。生まれつきなのだろうか。それ以来、彼女を見ると、心の中で密かに「侍」と思うようになった。

個人差ということとは別に、ひとりの人間の中でも死の恐怖は増減するらしい。数年前に『95歳へ！』（渡部昇一）という不思議なタイトルの本を読んだ。著者の観察によると、95歳以上になると人間は死をおそれなくなるようだ、という。だからそこまで辿り着こう、と提案しているのだが、奇妙な説得力を感じた。それは必ずしも本の内容によるものではなかったように思う。実は「95歳」という年齢の中途半端さがポイントなんじゃないか。これが仮に「100歳」だったらどうか。何故か、急に嘘っぽく感じられてくる。「100歳」になったら死ぬのがこわくなくなるなんてとても信じられない。それなのに「95

歳」だと、あるかも、と思える。これはなんだろう。数字のマジックというか、人間の心理のおかしさだ。

小説家の高橋源一郎さんと対談した時、20代の頃よりも死ぬのがこわくなくなった、とおっしゃっていた。理由を尋ねたところ、もう本を沢山書いたからね、という返事だった。つまり、若かりし日の彼には為すべきことを為していないからまだ死ねないという感覚があったのだろう。「こころよく／我にはたらく仕事あれ／それを仕遂げて死なむと思ふ」と詠った石川啄木は、けれど26歳で死んでしまった。無念だったろう。

あれはいつだったか、一枚の写真を見たことがある。数十人の人間がぎっしりと写っていて、よく見るとその真ん中に小さなお婆さんがいる。彼女の誕生日に子供や孫や曾孫や玄孫《やしやご》が集まったというわけだ。凄いなあ、と思った。この小さな人から、こんなに増えたんだ。それから、このお婆さんはきっと死ぬのもこわくないんだろうな、と。

勿論、彼女に尋ねたわけではない。全く勝手な想像である。なんとなく、これだけの人間を自ら作ったら、そんな気持ちになるように思ったのだ。だって、どんな職業従事者よりも根源的な仕事の達成者ではないか。ただ、男では駄目な気がする。そう思うのは何故だろう。女の方が生命の連鎖に直接コミットするからか。自分の手で多くの生を作り出して、それらに囲まれたら死の恐怖が薄れる、なんて幻想だろうか。

先日、友人たちと食事をした時のこと。初めて食べるデザートがとても美味しかった。思わず、こんなのを食べると死ぬのがこわくなるね、と云って妙な顔をされた。何歳になっても自分の知らない美味しいものに出会うことがある。美しい景色も。楽しいことも。そう思うと、いつまでもいつまでも生きていたい。不老不死になりたいかと訊かれたらちょっと躊躇うけど、健康でさえいられるなら少なくとも300歳くらいまでは飽きないと思うんだけど。そう云うと、友達がみんな死んじゃって自分ひとり残ってもいいの、と訊かれたけど、新しい友達を作るんじゃ駄目かなあ。年齢差が100歳とかあると一緒に昔話ができなくて淋しいかなあ。では、長生き仲間を強制的に増やすことにするか。

首筋から血を吸って。

ヤゴと電卓

或る日、私が選者をしている新聞の短歌欄に、こんな歌が送られてきた。

蜻蛉を喰いたいと蛙が云うのだ。おたまじゃくしの仇を討つと
中村みゆき

こわさを感じた。なんだ、これは。この人、大丈夫か。そう思いながらも、

言葉の連なりから目が離せない。しばらく眺めているうちに、或ることに気付いて検索をかけてみた。すると、「北九州市で片脚のないツチガエルが大量に発見された問題で、化学物質や遺伝などが原因ではなく、オタマジャクシの段階でヤゴに食べられたという調査結果が発表された。ヤゴとオタマジャクシを同じ場所で飼育したところ、オタマジャクシに生えてきた後脚などをヤゴが食べることを確認」というような内容のニュースがみつかった。

やっぱりそうか。「おたまじゃくし」は「蛙」の子供、「ヤゴ」は「蜻蛉」の子供、子供同士の関係において「ヤゴ」は「おたまじゃくし」の天敵なのだ。だから、大人になってから「仇を討つ」というわけだ。

一見すると異様な言葉の背後には「論理」の文脈があった。しかし、それがすぐにはわからないようになっている。見えない「論理」、その二重性こそが「詩」を生み出しているのだろう。私は感心して、この歌を優秀作品に選んだ。

その逆の経験もある。

もう十年以上前になるが、或るプロジェクトのために泊まりがけの合宿に参加した時のこと。最終日の夜、打ち上げの宴席でひとりずつ順に感想を云うことになった。何番目かに若い女性が立ち上がった。

「今回のプロジェクトはとても大変だったけど、でも、楽しかったです。今はお別れするのが淋しい。記念にみんなの鉛筆のキャップをひとつずつ貰って帰りたいと思います」

笑い声があがった。私も思わず吹き出した。なんてユーモアのセンスがある人なんだろう。今時「鉛筆」なんて誰ももってないよ。しかも、その「キャップ」を「貰って帰りたい」だって。私は感心しながら発言者を見た。彼女は真面目な顔のまま、ぼんやり立っていた。

翌朝、現地で解散した後でぞろぞろと最寄りの駅に向かった。東京へ帰るための電車には少し時間があったので、何人かでお茶を飲むことになった。喫茶店で私は偶然、「鉛筆のキャップ」の彼女の前の席になった。しばらくプロジェクトの話をして、それから雑談になる。私は云った。

「鉛筆のキャップの話、面白かったです」

「そうですか」

彼女は真顔である。突っ込みを入れたくなった。

「どうやってみんなからキャップ貰うんですか」

「もう貰いました」

真顔。その時、私の心の中でアラームが鳴った。もう、よせ。この話は打ち切るんだ。でも止まらない。こわいくせに、いや、こわいからこそ、口から言葉が零れてしまう。

「え、どうやって？」

「電卓を使って」

「電卓」って……。いや、やめろ。口を閉じろ。でも止まらない。

「電卓、どこにあるんですか？」

「ここに」

そう云いながら、彼女は片手を開いて見せた。思わず覗き込む。が、そこには何もなかった。ただの掌。

ぱあっと鳥肌が立つ。

二人のやり取りの背後にそれまであることになっていた「冗談」という文脈が、消えたのだ。

そっくりさん

友達のDくんが再婚した。相手の女性を紹介された時、一瞬、絶句してしまった。何故なら、その人はDくんの以前の奥さんに顔がそっくりだったのだ。「は、はじめまして」と笑顔を作りながら、心は奇妙なもやもやに囚われている。似てる。似てるよ。いや、別にいいんだけど。でも、このことは絶対に新しい奥さんには云わないことにしよう。云えないよ。前の奥さんにそっくりだなんて。

洋服屋で、お、いいな、と思った服に手を伸ばす。と、横から声がかかる。「そういうの、もうもってるじゃん」。う、確かに。でも、ここ、ほら、この襟のところがちょっと違うんだよ。「そうだっけ。でも、色といい形といい、そっくりだよ」。む、そうか。そうかもしれん。ぱっと見たらそう思うよな。でも、あれとこれは似てるけどちょっと違うんだけどなあ。と迷いながら結局買ってしまう。このタイプの洋服から発されるパワーにどうしてか私の心は抗えないのだ。で、しばらくするとまた別のお店で、お、いいなと思って手を伸ばす。この繰り返し。かくして私の洋服掛けには似たような服ばかりが何着もぶら下がることになる。

そんな私はDくんのことは云えないのか。いや、でも、洋服はいいんじゃないかな。モノだから。好みってことで。でも、どうして奥さんだとまずいんだろう。Dくんは好みのタイプがはっきりしてるってだけじゃないか。

昔、外国で起きた連続殺人事件の記事を雑誌で読んだことがある。或るページに被害者の女性たちの写真がずらっと並んでいて、それを見た瞬間に鳥肌が立った。そっくりなのだ。全員、青い目に金髪のロングヘアーの真ん中分け。とくにこわかったのは真ん中分けだ。顔は当然ながら一人一人違う。また、青い目に金髪のロングヘアーと云っても、よく見ればその色や長さはそれぞれ違っているのだ。でも、真ん中分けのために、ぱっと見た時の印象が驚くほど似通っている。彼女たちは、この髪型のせいで殺されてしまったんじゃないか。もしも、分け目の位置が違っていたら……、などとつい考えてしまう。見開きのページいっぱいの真ん中分けには、そんな異様なオーラがあった。

そう云えば、とまたおかしな連想が浮かぶ。私はフロントジップタイプのモノを見ると、買ってしまう癖がある。カーディガンでもブーツでも、なんだか恰好いいように思えるのだ。いや、大丈夫。別に問題ない。ただの買い物だもん。モノならいいんだモノなら。クローゼットにフロントジップがずらっと並んでいても、警察に通報されることはない。じゃあ、動物はどうだろう。同じタイプの犬をそっくりな髪型（？）にして何匹も連れ歩いてる人っているよなあ。町で出会った時、可愛い、面白い、と思って眺めながら、心のどこかでうっすらとこわさを感じているような気もする。

見た目がそっくり、という以外のパターンもある。ずっと以前のこと。電車の中で今までにつきあった相手のことをぼんやり思い出していて、彼女たちが全員長女でしかも一人として男兄弟をもっていないことに気づいた時、ぶわっと変な汗が出た。外見のタイプなどはばらばらなんだけど、唯一の共通点が姉妹の姉限定。これって、これって、何を意味しているんだろう。それから数年後にできた恋人に弟がいることを知った時、何故かほっとした。やった、解けたぞ。呪縛。呪縛？　いったい何の？

それにしても、似ているということの中に奇妙なこわさが浮上してくるのは何故なのだろう。前の奥さんでなくとも、「君は僕の母にそっくりなんだ」という台詞に対して、嬉しいよりも気持ち悪いと感じる女性は多いことだろう。比較されて、そっくりと云われる側からすると、自分のアイデンティティというか存在の固有性が揺らぐから嫌、って感覚はわかる。

逆に、比較して選ぶ側からすると、好みとか好きなタイプとかの中に、無意

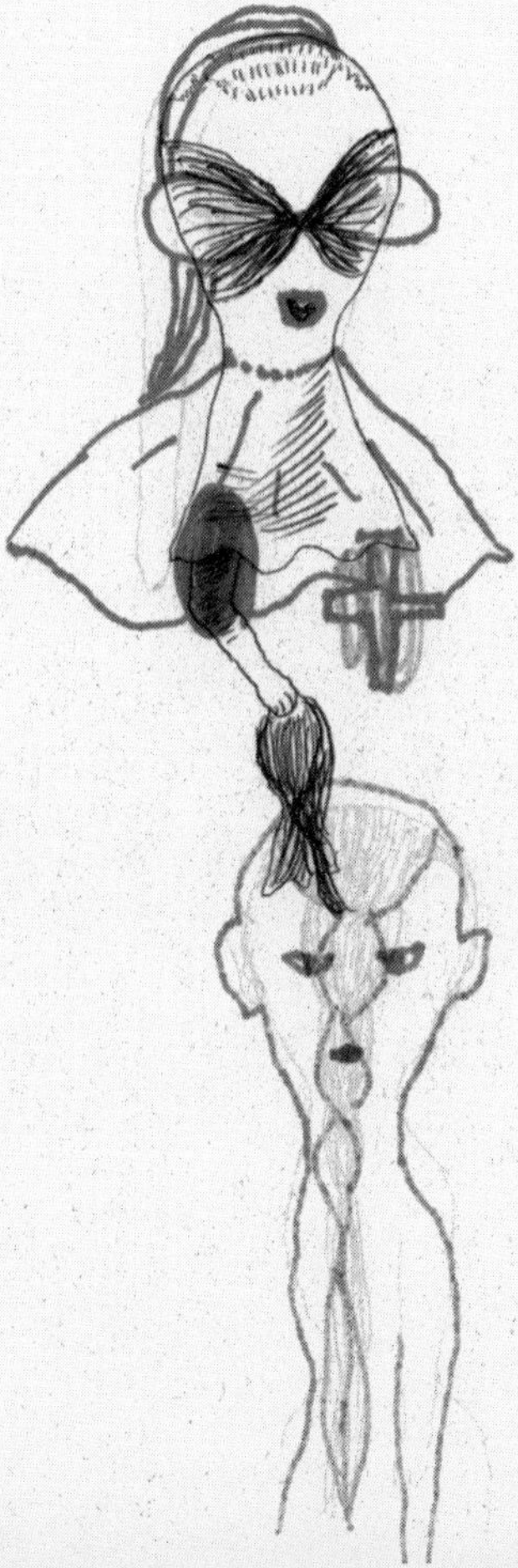

識の自分が映し出されるというこわさがあるんじゃないか。

どちら側でもない第三者からしても、他人の心の奥にあるもやもやを、真ん中分けとかフロントジップとか犬種のように具体的な形にして見せつけられるのは、程度の差はあれどおそろしい。

いずれにせよ、対象のそっくり性は、それを選んだ者の魂を映し出す鏡として機能しているわけだ。だがしかし、フロントジップの服を着て姉妹の長女を愛する人生を自ら選んだ覚えは私にはない。じゃあ、いったいいつどこで誰が定めたことなのか。まさか、遺伝子に書かれている？　そう思うと、たまらなくおそろしい。だって、もしそこに、真ん中分けを殺す、と書かれていたら……。

隣人たち

私が子供の頃は、ご近所同士での米や味噌や醬油の貸し借りといった風習がまだあった。コンビニエンスストアなど影も形もなかった時代である。普段は玄関に鍵も掛けていなかった。ご近所さんは勝手にがらがらと戸を開けながら「こんにちはー」と呼び掛けるのだ。だが、最近では都会のマンションなどの場合、引越しても近隣に挨拶をしないケースが増えているようだ。表札を出していない家も多く、女性の部屋に引越しの挨拶に行くのは非常識という意見をきいたこともある。

ただ、逆に考えると、現代ではそんな風にコミュニケーションが稀薄になっているからこそ周囲の住人との関係性が重要とも云える。隣のテレビの音がうるさいとか、上の足音が響くとか、困っていても全く面識のない相手には注意の仕方が難しい。逆に、こちらが音楽をかけていて隣から壁を叩かれたり、ゴミの出し方について貼り紙で注意されたりすると、ショックを受けることになる。昔に較べて互いの素性がわからない分、「見えない敵からの攻撃」のニュアンスが強まっているのだ。

以前、友人のマンションに遊びに行った時のこと。エントランスに郵便受けがずらっと並んでいたのだが、彼のネームプレートだけが妙に黒っぽく見えた。なんだろう、と目を近づけてぎょっとした。焦げている。

「これ……」

「ああ、煙草の火を押しつけられたんだ」

「え、誰がそんな」

「わからない」

「ネームプレート、取り替えないの？」

「二回、取り替えたよ」

「じゃ……」

「その度にやられるんだ」

胃が冷たくなる。例えば、隣人が壁を叩くのは「静かにしろ」というメッセージだろう。しかし、ネームプレートを焦がすとは、最早そのようなレベルではない。強いて云えば、「お前が憎い」とか「死ね」とか、か。毎日郵便受けを見る度に、そんな悪意を確認することになるなんてたまらない。相手が誰だかわからないところも不気味だ。

別の或る日、後輩の部屋に数人が集まって飲み会をしたことがあった。話が盛り上がって笑い声があがった瞬間、「どしん」という音が降ってきた。全員が天井を見上げる。後輩の話によると、上の住人がとても神経質な人で少しでも音を立てると怒るということだった。私たちは声のボリュームをできるだけ絞って飲み会を続けた。ひそひそ。ひそひそ。ひそひそ。ひそひそ。

その時、「ぽたん、ぽたん、ぽたん」という音とともに何かが畳に滴り落ちてきた。驚いて「こ、これ」と指さすと、「ああ、水ですよ」と後輩は云った。

「『どしん』の次は、これが来るんです」

え、じゃあ、二階の人が、自分の部屋の床から、わざわざ下に零れるように狙って水を注いでるってこと？　「その姿」を想像して、ぞっとする。

「それはもう何かのラインを超えてるよ。第一、これ、本当に水なのか。灯油とかだったらどうすんの」

「匂いがちがいますよ」

後輩は淡々とそう云った。匂いって……。いや、そういう問題じゃないでしょう。私は呆然として濡れてゆく畳を見た。

また、別の友人は、同じフロアの住人にドアの前に米を撒かれる、と云っていた。

「米って、どういうこと？」

「さあ、何かのおまじないかなあ」

「おまじない……」

「呪いみたいな」

「えぇっ」

「塩を撒く、ならまだわかるけどね。米ってなんだよ。雀じゃねーぞ、って」

「……」

「まあ、それほどの実害はないよ」

そうかなあ、と私は不安に思う。撒かれた米には煙草の火や天井からの水とはまたちがったこわさがある。意図がみえない。ということは、次に何が来るかわからないじゃないか。最初にこの話をきいた時、昭和時代に滅んだ筈の米の貸し借りが、二十一世紀に甦ったような奇妙な混乱を覚えた。ゾンビのように異様な姿で。

自分以外の全員が実は

自分以外の人間は本当はみんな他人の心が読めるんじゃないか。電車の中で、急にそう思いついたことがあった。その瞬間、それまでばらばらに見えた周囲の人間たちが一斉に私の方に顔を向けた。ぎゃっ。まさか。そうなのか。ほんとに。考えるな。思考を止めなきゃ。止めなきゃ。でも、考えを止めることができない。

自分以外の全員が実は自分とは異なる何かだった、というシチュエーションはおそろしい。ふとしたきっかけでそれが明らかになる時、信じていた世界が裏返るような感覚に襲われる。

こういうおそれを抱くのは私だけではないらしい。というか、一つの定型になっているようだ。以下は、『一行怪談』（吉田悠軌）からの引用である。

団地の表札が自分を除いて全て同じ苗字になったかと思うと、誰も挨拶どころか目も合わせてくれなくなった。

転校先で渡された生徒手帳にある「渡辺について話すことを禁ずる」という校則について尋ねても、みんな苦笑いするだけで何も話してくれない。

朝礼の最中、自分以外の全生徒が、いっせいに顔を上げ口を開いたかと思うと、何かの乳が豪雨のごとく降ってきた。

もうずっと死んだ同級生の席に座っているのに、いないはずの彼の席に僕がいることも、いるはずの僕の席が空っぽになっていることも、クラスの誰も気が付かない。

いずれも自分以外の全員が実は何かを共有しているという不安が描かれている。だが、その「何か」自体はさほど問題ではない。こわさのポイントは「自分以外の全員が実は」というところにある。「自分」と「自分以外の全員」、最初は見えなかったその違いに或るきっかけで気づいてしまう。その時から世界はおそろしい場所に変わる。

例えば『蜜姫村』（乾ルカ）という小説では、村人の全員が健康過ぎることが鍵になっている。元気なのは悪いことじゃない。でも、そこに紛れ込んだよそ者の主人公が或る日、「変だな、お年寄りが多いのに皆あまりにも健康」と感じた時から周囲が歪み始める。善良な村人たちとの友好的な関係が崩壊してゆく。その村には長年隠し続けてきた秘密があったのだ。

こんな短歌がある。

逃げ出したわたしをとらえるためだけに村の会議でつけられた網
まるやま

「わたし」が何故「逃げ出した」のかは、ここからはわからない。しかし、悪夢的なこわさがある。攻撃が個人の悪意ではなく「村の会議」という共同体の合意であるところがポイントだ。しかも「網」って、「わたし」は動物みたいじゃないか。人間と動物の間ではコミュニケーションがとれない。何を云っても異種族である相手には通じない。それによっておそろしさが増幅されている。

さらに現実的なシチュエーションもある。

嫁として帰省をすれば待つてゐる西瓜に塩をふらぬ一族
本多真弓

〈私〉は夏休みに「嫁」という立場で夫の郷里に「帰省」した。よく来たと歓迎されて、ほっとひと安心。だが、おやつの時間にそれは起こった。その「一族」は誰一人として「西瓜に塩」を振らなかったのだ。夫も、なんの躊躇いもなく、真っ赤な果肉にかぶりついている。その光景が何故かおそろしい。あの、塩はどこですか、という言葉を口から出してはいけない。そう決意する。

「帰省」するまでは「西瓜に塩」を振らないのは夫の個性だと思っていた。しかし、実は個人の嗜好ではなかった。その背後に風土とか血とかＤＮＡが隠されていたのだ。そのことがおそろしい。また、自分は「嫁」とは云いつつも、みんながにこにこ笑っていても、「一族」の中で所詮はよそ者だということを思い知らされる。

或る日、我慢できなくなってこっそり「西瓜に塩」を振っているところをたまたま幼い甥っ子に見つかってしまう。彼は目を見開いて驚いている。「西瓜に塩」を振る人間を初めて見たのだ。身を翻して駆け出した甥っ子の後を慌てて追いかける。待って、ちがうの、きいて、あなたは知らないかもしれないけど、「西瓜に塩」をかけるのは普通のことなのよ、この村の外ではみんなしてるの、と語りかけながら、夢中で襟首を摑んで、その口を塞ぐ。気づいた時、〈私〉の腕の中で小さな体がぐんにゃりと揺れていた。

鹿の上半分

夜中に友達の運転する車で国道を走っていた時のこと。急にハンドルがぎゅんと切られた。路上に落ちている何かを避けたような動き。その一瞬、助手席の私の目に映ったのは肉の塊だった。猫、犬、いや、もっと大きい。それに角が生えていた。鹿？　迷い出て轢《ひ》かれてしまったのか。でも、ここはそんな場所ではない。都内の大きな道なのだ。それには脚がなかった。だから下半分が路面に埋まっているように見えた。

一体何だったんだろう。気になって、もやもやする。でも、友達は前を向いたまま何も云わない。なんとなく口を開くのがためらわれた。そのまま、十分ほど走った時、不意に彼が云った。

「さっき、変なものが落ちてなかった？」

さり気ない口調。でも、私にはわかった。彼も同じものを見たのだ。角の生えた動物の上半分。迷い出て轢かれたのでなければ、肉屋とか、剝製屋《はくせい》とか、業者のトラックが落としたのだろうか。だが、それも考えにくい。肉屋なら角は切ってあるだろう。剝製屋なら逆に角と頭部だけではないか。

「うん。鹿みたいなのが半分くらい、落ちてたね」

私はそう答えた。それきり、二人とも黙った。あれは何だったのか。下半分はどこにいったんだろう。今考えても不思議だ。遠い場所で竜巻に巻き上げられて、空を運ばれながら千切られて、上半分だけ降ってきたのかなあ。

夜中のドライブについて、もう一つ奇妙な思い出がある。その時は私が運転して、助手席に恋人が乗っていた。工事現場の迂回路をS字に抜けようとした時、バックミラーに妙なものが映った。ランドセルを背負った子供。あれっ？と思って、それからぞっとする。午前二時過ぎである。あんなところにあんな子供が立っている筈がない。でも、口に出せない。口に出したら、何かが確定してしまいそうだ。錯覚だろう。暗かったし、ほんの一瞬だった。そう思い込もうとして、無言のまま車を走らせる。

しばらくして、どうにも我慢できなくなった。私はおずおずと口を開いた。

「さっき」

云いかけた時、恋人が叫んだ。

「ランドセルの子供でしょう！」

あー、と私は叫んだ。あー、と恋人も叫んだ。こわい。こわいよ。そのまま最寄りのファミリーレストランに飛び込んだ。とにかく明るいところに行きたかったのだ。我々はそこで恐怖が静まるのをひたすら待った。

最後に、これはドライブではなくて、八丁堀の或るホテルに泊まった時のこと。そこに入った瞬間、変な部屋だな、と思った。一方の壁に隣の部屋に繋がる扉っぽいものがある。でも、その前にベッドが置かれて塞がれているのだ。仕事の後で疲れていたので、とりあえず寝ころんで休んでいると、隣室から音が聞こえてきた。誰かが低い声でぼそぼそ喋っている。老人のようだ。嫌だなあ。壁が薄いのか。ぼそぼそ声の割に近く聞こえる。そのうちに、今度はこちらのベッドが揺れ始めた。うわっと思う。セックスを始めたぞ。老人の声だと思ってたけど、隣はカップルだったのか。

その時点で、もう私の感覚は変だったと思う。いくら壁が薄くても、隣の部屋が揺れるほどのセックスなんてきいたことがない。ぼそぼそ声の時から気配はおかしかったのだ。それなのに、「壁が薄い」とか「セックスを始めた」とか、無理に理由をこじつけていた。無意識のうちに自分の現実を守ろうとしたのだろう。

だが、さらにおかしなことが起こった。ベッドの横の調光ランプが勝手に明るくなったり暗くなったりしているのだ。ふわーん、ふわーん、ふわーん、と明暗を繰り返す。誰かがスイッチを弄っているようだ。それでも、まだ私はぼんやり考えていた。接触が悪いのかなあ。感覚が麻痺したような鈍さ。普段の自分ならそこまでではないのに。

その時、バスルームで激しい音が鳴り響いた。カランカランカランカラーン。びっくりして覗きに行ってみると、お風呂の床に石鹸やブラシなどのアメニティがケースごと滅茶苦茶に散乱している。ドライヤーからは勝手に熱風が出ていた。

やっと気がついた。おかしい。これはおかしいよ。目の前でゴーゴー鳴っているドライヤーに、現実の境界がぐんにゃりと歪む。こわい。こわい。なのに、眠い。どうしてか眠くてたまらない。そのままベッドに倒れて引き込まれるように眠りに落ちた。この部屋には、いる、と思いつつ、たぶん殺されるようなことはないと何故か感じた。

翌朝、チェックアウトの時、フロントに探りを入れてみようかな、と思ったが、やめておいた。わざわざ確かめるまでもない。あの部屋は……、ダブルブッキングだ。

二つの原稿

『別冊文藝春秋』という雑誌に連載をしていた。「にょっ記」というタイトルの、内容的には一種の日記のようなもので、十年以上続けたと思う。或る日、いつものように私は原稿を送った。すると、担当編集者のKさんから、奇妙なメールが返ってきた。

お世話になります。

お原稿ありがとうございました。
あの、前回と同じ内容のものが入っているのですが、よろしいでしょうか。

意味がわからなかった。Kさんに電話をかけてみた。

ほ「前回と同じって何でしょう？」
K「舌の裏の話です」
ほ「舌の裏……」

Kさんが読み上げてくれた。

9月1日　舌

鏡で舌を見る。
なんだか、白っぽい。
体調が悪いのか。
それから、何気なく裏側を捲って見て、びっくり。
ぬるぬるした配線みたいなのが、めちゃくちゃになってるじゃないか。
気持ち悪い。
これで合ってるのか。
わからない。
他人の舌の裏なんて見たことがないから。
自分のだって初めて見たのだ。
正しい舌の裏ってどんなのなのか。

ほ「ああ、それですか。舌の裏って変なんですよね。で、これと同じものを前回も書いてるんですか？」

K「いえ、全く同じというわけではありません」

考えてみたが、思い出せない。そこでまた、Kさんに読んで貰った。

8月8日　裏

鏡で舌の裏を見る。
うっ、となる。
何か、気持ち悪い。
濡れた配線みたいなのがごちゃごちゃ。
これで合ってるんだろうか。
判断できない。
正しい舌の裏というものがわからないから。

ショックだった。そっくり。ほとんど同じといってもいい。でも、全く同じではない。全く同じなら、前回の原稿を何かのミスでコピーしてしまったという可能性がある。でも、これはそういう現象ではない。初めてのつもりで一から書いて、結果的にそっくりになってしまったのだ。

前の原稿から何年も経っているとかなら、まだわからなくもない。でも、そうじゃない。ついこないだ書いたばかりのことをまた書いて、最後まで何の疑問も抱かずに送信してしまったのだ。単に書き直せばいいという話ではない。

受け取ったKさんも驚いただろう。というか、こわかったんじゃないか。私だっておそろしい。指摘されても、まだ思い出せなかったのだ。大丈夫か。いや、大丈夫じゃない。そんなのって、御飯を食べたことを忘れてまた食べる人みたいじゃないか。御飯を食べたことを忘れてまた食べる人みたいだ。え、誰が？　どうして？

落ちている

道に落ちていると、どきっとするものがある。

例えば、手袋。手の形に似ている、ということもあるが、それ自体が一つの生き物のようにも感じられて不気味だ。手袋だとわかった後は、持ち主や片割れからはぐれてしまったそれが悲しい存在に思える。なんとなく拾い上げて、ガードレールやポストの上に置いてみる。そんなことをしても、あまり意味はないのだが、踏まれたり轢かれたりするのはさらに悲しい。

初めて民家の前にペットボトルが林立しているのを見たのは、いつだったろう。ぎょっとした。後から、それが猫避けのためのものと知らされて、ちょっと安心する。謎の行為に現実的な意味づけがされたことで恐怖が薄れたのだ。理由を知る前は、白昼、十数本のペットボトルがきらきらと並んでいるのが、あまりにも呪術的な光景に見えた。

ペットボトル以外にも、路上に何やら祭壇めいたものがあると、こわい。以前、或る場所に大量のベビー靴が飾られているのを見たことがある。鳥肌が立った。ここで子供が事故にでもあったのか、と思ったけど勿論はっきりとはわからない。カラフルな祭壇には、そのような現実的な解釈を寄せ付けないオーラが溢れていた。

そういえば、道の上に自転車のベルが幾つも落ちていたこともある。点々と十個くらい散らばっていた。最初は何かわからず、覗き込んでしまった。ベル、ベル、ベル、ベルだ。どうしてそんなことが起こるのだろう。誰かのいたずらか。自転車屋さんが零していったのか。私はベルたちの間をそっと通り過ぎた。

だって、一箇所に集めたりしたら、新たに謎の祭壇を作ることになる。次の発見者にさらなる不安を与えてしまう。何だろう、と近づいてみたら自転車のベルの山。こわいよ。

友達の一人は、食べ物が落ちているとこわい、と云っていた。

「食べ物って例えばどんなの？」

「油揚げとか」

「油揚げ……」

「うっかり拾って食べちゃいそうで」

狐か、と思って可笑しくなったけど、そういう私も、以前、道路に綺麗なまのショートケーキが落ちているのを見た時は、こわかった。突然、そこに異次元が出現したような。何かのトラップのような。じっと見て、そわそわして、なかったことにする。得体の知れない不安感があった。勿論、私は落ちているものを口に入れたりはしない。でも、天辺《てっぺん》に載っかってる苺は食べられるんじゃないか。

また、場所は路上じゃなくて室内だけど、夜中に目覚めたら、ホテルの机の上に毛髪状の塊があって絶叫した、という人がいた。正体は一緒に出張していた部長の鬘だった。上司が鬘の人だと知らなかったことと、たまたまツインルームしか空いていなかったことが災いを呼んだ。「どうした？」と起きてきた部長の顔がまるで別人で、二度おそろしかったそうだ。

鬘の他には入れ歯もこわいらしい。また当然ながら生身のパーツはさらにおそろしい。こんな短歌がある。

飲みこみて残らぬことの多しといふ血のつきたる猫の乳歯拾ひつ

横山未来子

「血のつきたる猫の乳歯」は、形も大きさも人間の歯とは違うだろう。それを拾って、誰のものかわからなかったらおそろしい。この歌の中では、その特別さが転じて異次元の宝石のような存在感を放っている。

そういえば先日、飲み会の席で、マンションのエレベーターの中に耳が落ちていたという話をきいた。思わずみんなが「どこのマンション？」と尋ねると「歌舞伎町」という答え。その場に奇妙な納得感が生まれた。後日、「心当たりはありませんか」と警官が尋ねて回っていたということだが、そう云われて「あ、僕のです。探してたんです」なんて人はいないだろう。耳を見た彼は「忘れられないんです」と云っていた。わかる気がする。「それからエレベーターのドアが開くとまず床を見て、指、と思ったらフライドポテトとか」。脳内の世界像が変わってしまったのだろう。

また別の友人は、今までに落ちていた中で一番こわかったのは、病院の裏に捨てられていた変なもの、と云っていた。後から判明したその正体は、吸引された脂肪だったらしい。一体どんなものだろう。色、形、質感、わからない。想像できない。実際に見てもなんだかわからないと思う。そんなの、普通に捨てていいんだろうか。大丈夫か。鴉が食べないか。

子供がこわいもの、大人がこわいもの

子供だけがこわがるものがある。Fという友人は「小学生の頃、口裂け女がこわかった」と教えてくれた。

F「唯一の撃退法は『オーデコロンとポマード』って叫ぶことなんだけど、あたし、その場になったら絶対云えないと思ったから、毎朝手のひらに『おーでころんとぽまーど』って書いて学校に行ってたの。口裂け女が出たら、それを見せようと思って」
ほ「へえ、頭の良い子供だったんだね」
F「でも、『オーデコロン』も『ポマード』も知らなかったから、「おーでころんとぽまーど」で一つの呪文だと思ってたんだ。教室で男子たちが、昨日どこそこに出たらしい、とか噂してて、『そっちの方角だから日本舞踊の教室に行きたくない』って泣いたら、『お父さんが一緒に行ってあげるから大丈夫』って父が教室まで送ってくれたの。出なかったよ、口裂け女」
ほ「お父さん、優しいね」
F「うん。今考えるとそうだね。大人からしたら馬鹿馬鹿しい口裂け女から、ちゃんと守ってくれるなんてね」
ほ「他には、何がこわかった？」
F「うーん、もっと小さい頃は手と手をこする音」
ほ「手と手をこする音？」

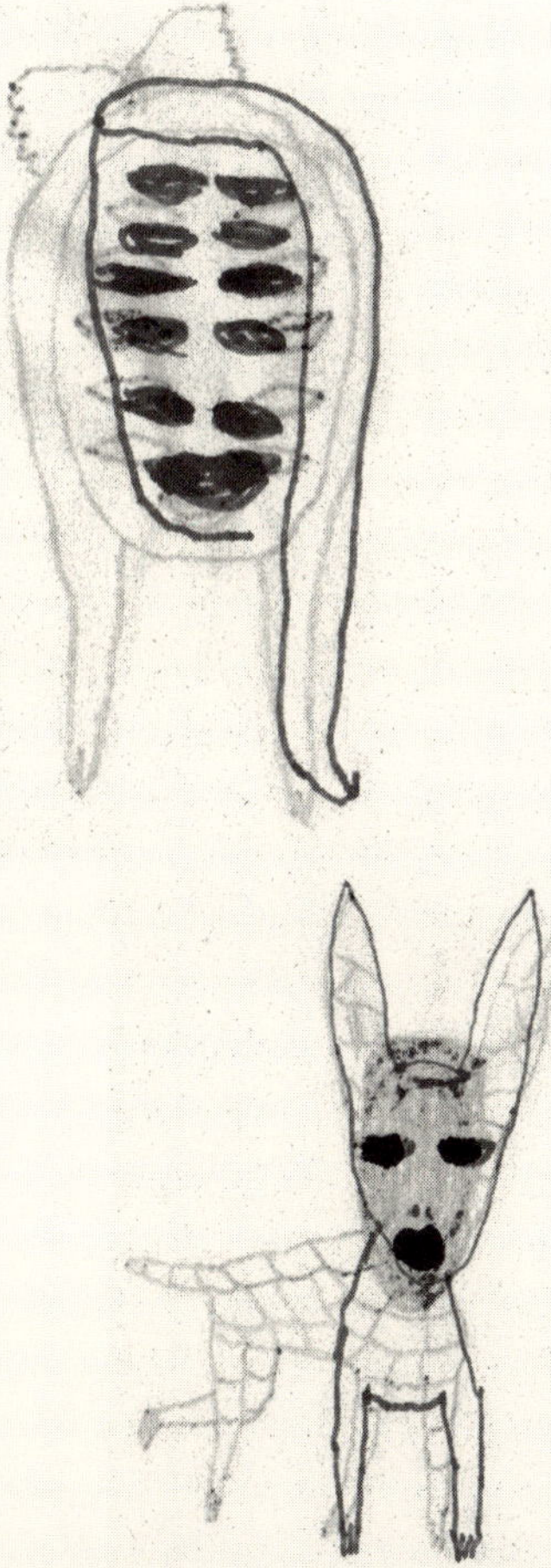

F「しゅるしゅるいうのがこわかった」

しゅるしゅる……、わからない。流石は子供。彼女自身も今となっては当時のこわさを思い出せないようだ。本人であってももはや別人なのだ。口裂け女やしゅるしゅる（？）などとは逆に、子供よりも大人の方がこわがるものもある。昔は平気だったことが、だんだんこわくなったりするのは何故だろう。

F「大人になったら、背後から近づいてくるものの気配がこわくなった。ジョギングの人とか犬を連れた人とか車とか自転車とか」

ほ「子供の頃は平気だったの」

F「そんなこと気にしてなかった気がする」

ほ「そういえば、そうかも」

F「子供の意識には目に見える場所しかないからかなあ」

面白い意見だ。小さな子供が「いないいないばあ」を喜ぶのもそのせいかもしれない。大人はいくら「いないいないない」と云われても、それがただ隠れただけだと知っている。だから「ばあ」に驚けない。でも、小さな子供は本当に世界から消えたように感じているんじゃないか。

子供と大人のこわがり方のズレに関する思い出が私にも一つある。あれは小学校二年生の夏休みのこと。その頃、私はカブトムシとクワガタに夢中だった。従弟のシンちゃんが家に泊まりに来た時、彼がカブトムシに全く興味をもっていなかったのでびっくりした。私はシンちゃんに向かって、それがいかにカッチョよくてムテキでスゲーか、熱く語りまくった。シンちゃんも目をきらきらさせてきいていた。

ほ「でも、めったに獲れないんだ。僕だって今までに二匹しか捕まえたことないよ」

シ「へえええ、すごいんだねえ」

数週間後、今度は私がシンちゃんの家に泊まりに行った。すると、彼はいかにも得意そうに虫籠をもってきた。

シ「ほら、カブトムシ、いっぱい獲ったよ」

えっ、と私はびびった。ほんとだ、ぎっしり詰まっている。ヤベー、負けた。でも、すぐにほっとして笑い出した。

ほ「なーんだ。これ、カブトムシじゃないじゃん。シンちゃん、バッカでえ」

シ「え、ちがうの?」

ほ「全部ちがうよお」

シ「なんだー」

ほ「むはははは」

シ「てへへへへ」

あの虫籠。今だったら、見た瞬間に絶叫しているだろう。思い出しただけで震えがくる。さわさわさわさわ。蠢《うごめ》いていた。でも、あの時はなんとも思わなかったのだ。全くへっちゃらで、カブトムシが贋物だったことを悔しがるシンちゃんと一緒にきゃあきゃあ大笑い。強かったなあ、僕たち。

怒りのツボ

怒りのツボというものは、人によってちがう。それがどこにあるのか、外からは見えない。でも、うっかり押してしまうと、大変なことになるのだ。

それでも、ツボの根拠が国による文化のちがいなどである場合は、或る程度学習することができる。

・タイでは子供の頭を撫でてはいけません

・韓国ではお客さんが脱いだ靴を逆向きに揃えてはいけません

こんなことがガイドブックに書いてある。

・タイの信仰では頭の上に神様が宿ると考えられており、神聖な場所だからです

・「早く帰れ」の意味になるからです

事実かどうかは知らないが、理由がわかれば納得できる。

一方、純粋な個人差の場合は、その人の性格や世代などのバックボーンが見えないと怒りの理由がわからないことがある。その分、対処が難しい。

以前、或る既婚女性との会話の中で、うっかり「ご主人は……」と云って怒られた人を見たことがある。

「夫が主人なら私は奴隷ですか？」

勿論、呼び掛けた方は、そんなことは考えてもいないだろう。「ご主人」とは昭和の日本的な慣習に従った言葉に過ぎないのだ。しかし、たまたま相手がジェンダー問題に意識の高い人だった。地雷だ。思いがけない反応に、怒られた方は焦ったのだろう。思わず「いえ、あの、奥さん……」と云ってしまって、さらにまずいことになった。「奥さん」もＮＧだったのだ。ちゅどーん。ちゅどーん。

それでも、こんな風に一般的にも知られた理由付けがある場合はまだいい。それがわかれば心がけることができる。

もっとローカルルールというか、その人の中でだけそう決まっている時、怒りのツボを押すことは、天災めいてさらにおそろしい。

私の友人が或る時、ひどく怒っていた。

友「ビール券なんか送ってきたんだよ」
ほ「ビール券……」
友「どういうつもりなんだろう」
ほ「……」
友「ふざけてる」
ほ「……」
友「もうあいつとは付き合わないよ」
ほ「……」

怒りのポイントがわからなくて、相槌を打つことができない。なんだか、自分が怒られているようで緊張する。よく話をきいてみると、どうやら彼の中では「ビール券」は通俗的なものの象徴らしかった。ビール券を送られる＝通俗的な人間と侮られる、ってことか。でも、相手にそういう意識はないと思うけどなあ。

ほ「ビール、好きじゃないんだね」
友「え、ビールは飲むよ」

ビールは飲むけどビール券はNG。なんてデリケートなんだ。長年付き合ってきた友人にも、思いがけない怒りのツボがある。人間の心の謎だ。ワイン券はどうなんだろう。

じゃあ、自分はどうか、と考えてみる。ここを押されると、かっとするポイントってどこだ。うーん。うーん。うーん。自分のことはわからない。あ、「この文章ってどこまで本当なんですか」って云われるのが嫌だな。

やってみるまでわからない

前回、「怒りのツボ」について書いた。人によって「怒りのツボ」が全くちがっていることのおそろしさ。だが、より突き詰めて考えるなら、話は「怒りのツボ」に限らない。そもそも他人の心は読めない、ということが問題の本質だろう。

十年ほど前だったか、私は初めて本のサイン会というものをすることになった。その時の不安をよく覚えている。編集者とこんなやりとりをした。

ほ「お客さん来てくれるかなあ」
編「大丈夫ですよ」
ほ「どうしてわかるの？」
編「今まで本屋さんでいろんなサイン会を見ましたけど、お客さんががらがらなんてことは一回もなかったですから」
ほ「今回に限ってがらがらかもしれないよ」
編「大丈夫ですって」
ほ「そうかなあ」

私の不安は消えない。だって、本当のところは誰にもわからないのだ。他人の心は読めない。いくら大丈夫と云われても、やってみるまでわからない。

ほ「本屋さんでいろんなサイン会を見たって云ったよね？」
編「ええ」

ほ「例えば誰の？」
編「えっ、デニス・ホッパーとか……」
ほ「デニス・ホッパー!?」

わなわなした。次元がちがいすぎて何の参考にもならないよ。私の不安メーターの針が振り切れそうになったことは云うまでもない。

さらに昔の話。私は夜の公園を女性と一緒に歩いていた。初デートである。頭の中は一つの思いで一杯だった。手を握りたい。握れるか。握りたい。でも、大丈夫か。握れるか。でも、答えは出ない。いくら考えても無駄だ。結局のところは、やってみるまでわからないのだ。

意を決して、そっと握ってみた。ばっ。手は引っ込められた。驚きのあまり、彼女の目が見開かれている。全くそんなつもりはなかったのだ。ああああ。その後どうなったのか、思い出せない。自らの記憶を消去してしまったらしい。

先日、二人の女性編集者との打ち合わせが終わったあとで、ふと思い出してその話をしてみた。

ほ「あの時は、ショックだった」
A「勇気出したのにね」
ほ「うん。なんとなく大丈夫かなと思ってたんだ。甘かった」
B「どうして大丈夫と思ったの？」
ほ「手を握る前に、爪には触ったことがあったから」
A「爪？　どうやって？」
ほ「マニキュアが綺麗だねって」
AB「……」
ほ「爪がOKなら次は手でしょう？」
B「いや、それはちがうんじゃないかなあ」
A「ちがうよね」

ほ「え、だって爪から手って物理的な距離は最短だよね」
A「まあね。でも、心理的な距離はすごく遠いよ」
B「遠い遠い」
ほ「そうなのか……」

しかし、そう云われても、まだよくわからない。爪から手への心理的な距離が遠いとして、じゃあ、どこからなら近いのか。つまり、手を握る前に、どこに触れればいいのか。物理的には思いがけない場所なのだろうか。踝《くるぶし》とか。無理だ。

他人の心は読めない。いくら考えても、やってみるまでわからないことが多すぎる。それが私の心におそれを生むのだ。当たって砕けろ、とは云うが、実際そうなった時に心が受ける衝撃は大きい。それに関係性は一度砕けたら元に戻らないんだぞ。

京都こわい

観光や仕事で京都に行くと、お金がなくなる。どうしてかというと、やたらと買い物をしてしまうのだ。

私は普段東京に住んでいる。日本の中で最もなんでも揃っている場所である。各地の名産品も、その多くは東京で買えてしまう。普通の地方都市なら、行ったとしてもそんなに買いたくなるものはない。

ところが、京都だけは特別なのだ。そこでは全く想像を超えたものに出合ってしまう。例えば、金平糖。

日常の生活で金平糖のことなど意識に上ることはない。だが、京都には金平糖の専門店があるという。偶然みつけたそこに入ってみると、なんと五十年モノの金平糖が飾られていた。

ワインじゃないんだから、と呆れた時には、もう京都のマジックにかかっている。自分が知らない世界の奥深さを見せられた驚きで、ふわふわした心のままに何種類かの金平糖を買ってしまう。五十年モノの大親分にはもちろん手が出ないから、下っ端の子分たちだ。

ホテルに着いてから、徐々にマジックが解けてくる。しまったかな、という気分がじわじわと込み上げる。知人たちへのお土産の分まで大量の金平糖を買ってしまった。でも、彼らは五十年モノの大親分やあの店構えの独特の雰囲気を知らない。そこから説明しないと有り難みが伝わらないだろう。

ぽりぽりぽり（金平糖を食べる音）。

なんというか、普通に金平糖の味だ。東京でも、どこの都市でも、平常時の私ならこれを買おうとは思わないだろう。京都おそるべし。

以前、観光で京都に行った時のこと。お寺を見に行こうとしたら、門のところに「〇〇ホテルの宿泊者は立入禁止」的な看板が立っていて驚いたことがある。あれはなんだったんだろう。〇〇ホテルとお寺が喧嘩していたのか。

両者の間の事情は全く知らないが、「〇〇ホテルの関係者は」ではなくて「〇〇ホテルの宿泊者は」というところにこわさを感じる。たぶん宿泊者は寝耳に水だろう。それに〇〇ホテルに泊まっているかどうかなんて、実際にはわからない。わざわざ調べるはずもない。

ということは、あれは一種の威《おど》しというか万人に向けてのネガティヴな宣伝のための看板なのだ。なんて攻撃的なんだ。お寺なのに。

それとも一歩でも入ったら、三蔵法師に逆らった孫悟空のように頭がぎりぎりと締め付けられるのだろうか。いずれにしてもおそろしいなり。

この連載の担当編集者であるTさんに、その話をした。彼女は京都生まれの京都育ちだ。

ほ「僕は〇〇ホテルに泊まってたわけじゃないけど、あの時はびびったよ。京都ってこわいね」
T「そうですか（微笑）」
ほ「他に、京都でこれはしちゃ駄目って行動とか、これを云っちゃ駄目って言葉とか、何かある？」
T「NGワードは『大文字焼き』かなあ」
ほ「へ、あの山に『大』って燃やす『大文字焼き』？　有名だよね？」
T「……（微笑）」
ほ「どうして禁句なの？　僕、云っちゃったことあるかも」
T「あれは『五山送り火』です」
ほ「え、『大文字焼き』じゃないの？」

T「そんなもん、あらしまへん。どっか別の京都とおまちがえやないですか？（にっこり）」

がーん。知らなかった。で、「（にっこり）」がこわいよ。

現実曲視

体重計に乗る時、私は必ず服を着ている。寒いからではない。こわいからだ。ポケットに小銭入れや鍵などが入っていることもある。文庫本をうっかり手に持っていることも。そういう仲間たちと一緒であればあるほど心強い。たった一人で体重計に乗るなんて危険を伴う行為だ。

「○○.○kg」

うん。重い。でも、今は服を着てるからな。ポケットにはいろいろ入ってるし、手には文庫本まで持っている。そういえばおしっこも溜まってる。その分を全て差し引かないと、正確な数値はわからない。などと思いながら、試しに文庫本を手放してみる。ほら、減った。持ってみる。ほら、増えた。これが文庫本の正確な体重なんだなあ。

ゴキブリ駆除剤の中に、硼酸《ほうさん》団子系というのがあるらしい。なんでも、それを食べたゴキブリが巣に戻ってから死ぬことによって一族郎党を全滅させるということだ。凄い。それさえあればもう安心だ。そう思って、早速買いに行った。ドラッグストアには硼酸団子系の駆除剤が二種類あった。一つは外観が黒いタイプ。もう一つは透明なタイプ。

私は店員さんに尋ねてみた。

ほ「これ、どう違うんですか？」

店「透明なタイプは中の餌が見えるんです」

ほ「あ、ほんとだ」
店「ゴキブリがちゃんと齧《かじ》ったかどうか、一目でわかります」
ほ「なるほど」
店「ときどきチェックして、齧り具合がよくなかったら置き場所を変えるんです」
ほ「便利ですね」
店「ええ、効果がはっきり目で見えますからね」
ほ「じゃ、これください」

私は迷わずそう云った。勿論、買ったのは黒いタイプである。ゴキブリが齧った跡を見るなんてこわい。そんなものを見てしまったら、本当にゴキブリがいるのがわかっちゃうじゃないか。いや、いるから駆除剤を置くのだが、その現実をはっきりとは知りたくない。私が知らないうちに齧って、知らないうちに全滅していて欲しいのだ。

先日、十五年前に自分が出たテレビを観た。当時はこわくて観られなかった。うわあ。かっこわるいなあ。でも、十五年前だからな。今の私はこれとはちょっと違うだろう。どう違うかはわからないけど。この通りってことはないよ。

この場合の「十五年」という時間は、体重計に乗る時の「服」や「文庫本」と同じ役割を果たしている。誤魔化しツール。私は現実を直視することができないのだ。

そんな私は、飛行機が離陸する時、必ず強烈な睡魔に襲われる。こわい。現実を見たくない。という気持ちが脳から眠気の液を放出させるのだろう。知らないうちに離陸して、気がついたら到着していて欲しい。知らないうちに墜落して、気がついたら天国かもしれないけど。

しかし、と思う。それでいいのか。そんな心ではいい作品は書けないだろう。現実直視は文学の基本だ。シュプレヒコール。

「体重計は素っ裸で！」

「ゴキブリ駆除剤は透明タイプを！」

「テレビで今の自分を見詰めよ！」

「飛行機の窓の外を見張れ！」

「でぶ！」

「謳ってる！」

「かっこわるい！」

「墜ちる！」

しまった、しまった、しまった

友人兼担当編集者だったNさんが亡くなってから十年になる。自殺だった。彼女の訃報を受けた時の自分の反応を覚えている。あー、と思った。しまった、と思った。どうして、と思った。それから、やりとりしたメールを全て読み返したのだ。

Nさんと私は知り合ってから日も浅く、これから一緒に仕事を進めましょう、という段階だった。打ち合わせの席で、なかなか着手できないでいる私に向かって、Nさんは軽い口調で云った。「早く書いてくれないと、私が生きてるうちに間に合いませんよ」。まだ二十代の彼女の言葉を私は冗談と受け取った。

メールの数はそれほど多くはなかった。その全てに目を通しながら、しまった、しまった、しまった、と頭が鳴り続ける。このやりとりの中のどこか一行でもちがっていたら、Nさんは亡くなっていなかったのではないか。そう思う。勿論、そんな単純でおかしな話である筈がない。彼女には私よりも親しい友人が沢山いた。優しい家族も恋人もいたのだから。

頭ではわかっているのだが、しかし、その作業を止めることができない。もし、この云い方がもう少し親身なものだったら、もし、ここに「ありがとう」の一言を入れていたら、もし、この後にふたりでつくる筈だった本への思いを付け加えていたら、もし、もし、もし、もし、が止まらない。

突然起こった出来事の衝撃と重さに耐えられなかったのだ、と今は分かる。本人がもういないのに携帯電話の中には番号が残っている。ボタンを押せばきらきらと数字が流れ出す。そのことの不思議さに心が耐えられない。

だから、私は過去に遡って「これ以外の今」に辿り着く可能性を探さずにいられなかった。ドミノ倒しが別の道に向かってゆくような運命の分岐点を探していたのだ。そんなことをしても、どうしようもないのに。

この世界にこれ以上存在していたくないと考えて、実行に移す人がいる。「この世界」の中には私自身も含まれる。だからなのか、自殺のニュースをきくと、それが全く見ず知らずの人であっても微量の責任があるように感じる。知り合いであれば、友人であれば、恋人であれば、その感覚はさらに強まってゆく。

その最大のケースについてきいたことがある。

「ビルの屋上に呼ばれて別れ話をしていたら、突然、『俺のこと、忘れられなくさせてやるよ』と云って目の前から消えちゃった。笑顔でした」

私は恐怖のあまり何も云うことができなかった。

「もう三十年以上経つけど、今も毎晩悪夢を見るんです」

大変ですね、としか云えなかった。

「でも、最近少しずつ感覚が変わってきました。もうすぐ私もそっちに行くから続きを話しましょう、という気持ちです。謝ってそれから文句も云おうと思って」

そうか、と思う。私たちは皆、自らの意思とは関わりなく、少しずつ、この世界に存在しないこと、に向かって歩を進めてゆく。絶対に追いつけないと思った彼に彼女は少しずつ近づいている。それに連れて思いも変わってゆくのだろう。

変身

子供の頃、正義の味方に憧れていた。ウルトラマン、ウルトラセブン、仮面ライダー、彼等には共通の能力があった。それは変身だ。普通の人間が変身することによって、超人的な力を持ったヒーローになれるのだ。それがなければ巨大な怪獣や凶悪な怪人にはとても太刀打ちできない。元祖変身ヒーローは、新聞記者クラーク・ケントが電話ボックスで変身（というか着替え）するスーパーマンだろうか。

私は両親にねだっておもちゃ屋さんで変身のためのグッズを買って貰った。ベータカプセル、ウルトラアイ、ライダーベルト……、それらを手にした時の興奮。これで僕も正義の味方になれるんだ。しかし、変身することはできなかった。どれも正常に作動しなかったのだ。

女の子向けの変身ヒロインもいた。その始まりは、ひみつのアッコちゃんあたりだろうか。鏡の国の女王からもらった魔法のコンパクトを開いて「テクマクマヤコン、テクマクマヤコン、〇〇になあれ」と唱えると、どんなものにも姿を変えられる。別人どころか、ライオンや猫や鼠にも。

しかし、と大人になった今、振り返って思うのだ。変身する方はいい。でも、実際に目の前でそれを見せられた方は、激しいショックを受けるんじゃないか。ウルトラマンはぐいぐい巨大化するし、仮面ライダーはバッタ人間、ひみつのアッコちゃんに至っては何にでもなってしまうのだ。

いつだったか、沢山の人が集まる短歌大会に選考委員として参加していた私は、セーラー服姿の少女に声をかけられた。大きな瞳が印象的な子だ。

「ほむらさんですか」

「はい」

「一緒に写真、撮って貰えませんか」

「いいですよ」

カメラのレンズに向かって並んでポーズをとる。相手が可愛い女の子なので、ちょっと嬉しい。その時、彼女は不意に胸のリボンをしゅるっと解いて、その一端を私に渡しながら云った。

「ここ持ってください」

云われるがままにリボンの端を握った。が、次の瞬間、あれ？　と思う。これはちょっとまずいんじゃないか。セーラー服の少女とのツーショット、しかも私の手にはリボンの端が握られている。インターネットにこんな写真が流れたら、あらぬ誤解を招きかねない。

慌てて、ぱっと放しながら、いや、これはちょっと、ともごもご云う。彼女の表情は変わらない。大きな目をきらきらさせている。結局、リボンは握らずに、写真を撮った。

それから、歩きながら少し話をした。

「今日は学校お休み？」

「いいえ」

「え、さぼっちゃったの？」

一瞬の間があった。それから、彼女は静かに云った。

「私、二十代なんです」

え、え、どういうこと？　だが、彼女は何も云わずに微笑を浮かべた。混乱した私の目の前で、少女がみるみる異形の存在へ変化してゆく、ような気がした。いや、実際には何ひとつ変わっていないのだけど。

やがて、彼女はぽつりぽつりと語り出した。

「私は義務教育を受けられなかったので制服に憧れがあるんです。教育を受けたくても受けられない人がいるということをアピールする意味もあって、いつもこれを着てるんです」

なるほど、と少しずつ納得する。すると、不思議なことに、彼女の姿が安定して見えてきた。セーラー服の意味合いが理解できたことによって、変身の衝撃が消えたのだ。

それにしても、と後日私は思った。彼女の姿はどうみても本物の少女にしか見えなかった。もしかして、何かの冗談だったのかなあ。

小さな異変

十年ほど前のこと。インターネット上の掲示板で、私は友人の歌人である荻原裕幸さんとやりとりをしていた。文学についての雑談のようなものだ。私のかなり長い書き込みに対して返答が来た。その中に、こんな一文があった。

「ところで、穂村さんの文章、一つだけ『萩原さん』になってるよ」

一瞬、「?」となって、それから前回の自分の書き込みを見直す。ほんとだ。その中には何度も「荻原さん」という言葉が出てくるのだが、中程の一個だけが「萩原さん」になっている。

何故そんなことになったか、自分の書き込みなのに、全くわからない。「荻」と「萩」は、確かに見た目上は似ている。しかし、読みは「オギ」と「ハギ」で全然違う。ミスタイプする筈がないのだ。若い頃からの友人だから、もちろん私が彼の名前を間違える筈もない。じゃあ、この「萩」はどこからどうやって紛れ込んだのか。しかも、一個だけ。なんだか気味が悪くなった。すぐに謝ったけど、自分でもその現象の発生原因がわからないから、もやもやするものが残った。脳が、一瞬だけ暴走したのかなあ。

原因や理由のわからない小さな異変はおそろしい。

別の所にも書いたことがあるのだが、昔、女性の友人からきいた話によると、或る日、彼女が目を覚ましたら、部屋の中にふわふわとシャボン玉が浮かんでいたそうだ。空っぽだった筈の金魚の餌がいつのまにか増えていたこともあるという。ちなみに彼女は独り暮らしである。

やがて、それらの現象は元カレの仕業だったことが判明する。郵便受けからシャボン玉を吹き込み、合い鍵を使って金魚の餌を補充したらしい。それはそれで、もちろんとてもこわいんだけど、でも、原因がわかったことで、おそろしさの質が変わったように思われる。現実の中に位置づけられたのだ。

一方、原因や理由が最後までわからないと、宙づりのままのこわさが持続される。先日、本を読んでいて、こんなエピソードに出会った。


ある日、バイト先から帰ってくると、テーブルの上に三角定規が立っていた。直角二等辺三角形の頂角を上にして、一ミリほどの幅しかない底辺で立っている。

首をかしげて近づいたら、歩いた振動のせいか風圧のせいか、三角定規は、はたりと倒れた。

福澤徹三『怪談実話　盛り塩のある家』（KADOKAWA）

三角定規が立っていたってだけなんだけど、ざわざわする。シャボン玉や金魚の餌と違うのは、原因が不明のまま終わることだ。他にこんなのもあった。

チャイムの音が、いつもとちがう。

ふだんは「ピンポーン」と軽快に鳴るはずが、いま玄関で鳴っているのは、「ふぁんふぉーん」と、やけに音がこもっている。

音程も微妙におかしい。

福澤徹三『怪談実話　黒い百物語』(角川ホラー文庫)

小さな異変のこわさは、それが大きな異変の予兆のように感じられる点にある。シャボン玉が浮かんでても、金魚の餌が増えてても、三角定規が立っててても、チャイムの音がおかしくても、さほどの実害はない。でも、そこにはとんでもない厄災の前兆めいた何かが宿っていて、それがこわいのだ。

あるときYさんが自分の部屋に入ると、エレクトーンの上で金魚が死んでいた。

前掲『怪談実話　黒い百物語』

大量の胃液とともに、なにか硬いものが口からあふれでた。

それは洗面台の陶器のなかに、カラカラと音をたてて転がった。

そのピンク色の液体にまみれたものをつまみあげた瞬間、Mさんは絶句した。

「なにかと思ったら、歯だったのよ。奥歯が四本も抜けてたの」

前掲『怪談実話　黒い百物語』

どんどんやばくなってくる。小さな異変の穴から向こう側の巨大な闇が噴出してくるようだ。「荻」の中に一つだけ交ざった「萩」が、おそろしい出来事を引き起こさなくてよかった。今のところ。

裏

どんな人間にも表と裏がある。何かの偶然によって、長年の友人や家族の秘密の一面を、知ってしまうのはおそろしい。そんな風に、見てはいけないものを見てしまった話を幾つかきいたことがある。

その1 友人（男）の話

学生時代、先輩の部屋で留守番をしていた時のこと。何気なく押し入れを開けたら、そこの天井や壁一面に『うる星やつら』のラムちゃんのポスターがぎっしり貼ってあった。見なかったことにした。

その2　友人（女）の話

弟の部屋で大量のエロ本とエロDVDを発見してしまった。最初は、しょうがないなあ、と思っただけだったが、よく見たら、その全てが「姉弟モノ」で鳥肌が立った。

その3　友人（女）との会話

ほ「こんにちは」

友「お久しぶりです」

ほ「最近どうですか」
友「まあまあです」
ほ「旦那さんは元気？」
友「実は離婚しました」
ほ「え、あ、そうなんだ」
友「……」
ほ「……」
友「ちょっと変な事件があって」
ほ「事件？」

浮気とかだろうか。いや、それなら「事件」って云わないよなあ。

ほ「どうしたの？」
友「彼が放火してたんです」

衝撃を受ける。彼女の話によると、或る日、警官が家にやってきたのだという。
友「でも、彼は、絶対にやってない、信じてくれ、って云ったんです」
ほ「うん」
友「信じました」
ほ「うん」
友「でも、現場にあった監視カメラの映像に彼の姿が映ってたんです」
ほ「えーっ」
友「なんだか、わけがわからなくなって、こわくなって」

それで離婚したらしい。駐車中のバイク専門の放火だったという。金銭や愛憎や性欲などとは直接関係しない行為だけに、逆におそろしい感じがする。考えてもわかる気がしない。彼女から見た彼の人格や二人の関係性にはなんの問題もなかったらしい。他は完璧に素晴らしくて唯一の欠点が放火、みたいな人もいるのだろうか。身近な人間の裏は知りたくない、と強く思った。知らないこととないことは同じ、だろうか。

似ている

電車の向かい側の席に、どこからどう見ても母娘、という二人が座っている。そっくりなのだ。でも、もちろん、双子のように、というわけではない。どちらが母でどちらが娘かは一目瞭然だ。時計の針がくるくる進むと、これがこうなるんだなあ、という目で見てしまう。なんだか恥ずかしく、ちょっと滑稽で、そしてこわい。

先日、女友達のお嬢さんとたまたま仕事で一緒になった。顔も声もそんなに似ていない。でも途中で、あっ、と思った。話しながら或るところから軽く笑い声が混ざり始めるのだが、そのタイミングがお母さんとそっくりなのだ。ささやかと云えばささやかな類似だ。にも拘わらず、二人の関係を知らなくても、この人はひょっとして彼女の娘なんじゃないか、と閃きそうに思われた。

私自身も、子供の頃、親戚の集まりに行って、ひいおじいさんとそっくりなどと云われたことがある。なんとも落ち着かない気持ちになった。生まれる前に亡くなっていて、会ったこともないのに、僕はまだ子供なのに、ひいおじいさんとそっくりなんて。たぶん、顔形や姿というより仕草か何かが似ていたのだろう。

似ている、ということはおそろしい。自分ではどうすることもできない血の、遺伝子の、支配を受けて、個人の尊厳が危うくなるように思える。

若い頃は全く似ていなかった娘や息子が、或る時から急激にその親に似てくるというパターンもある。これもまた見えないスイッチが入ったようでおそろしい。そこにマイナスの要素があったらさらにこわさは増すだろう。禿げるとか太るとか。

棋図かずおの『おろち』シリーズ中の「姉妹」は、その恐怖を描いた傑作である。

「もうすぐ私の十八歳の誕生日がくるわ。そうしたらあえなくなるのよ。誕生日がくるとあなたは私をきらいになるわ!!」

「それではいいます……龍神家の女は十八歳になるとみにくくなっていくのです。（略）ある国の娘は十八歳ごろまでとてもかわいらしいといいます。でもそのころからムクムクふとって変わってくるといわれています。そんなことにも似た事実が、私の家系の女にもあるのです」

「だが、なぜきみはそんなにおねえさんにやさしいのだ。同じ姉妹だというのに…!?」

「それは……いいます……おかあさんが私に遺言をのこして死んだのです。それは……それは……私は龍神家の娘ではないのです!!」

姉妹間の運命の違いがこわさをさらに増幅させている。一人はみにくく変わるのに、もう一人は美しいままなのだ。たぶんこの話はもともと、「ある国の娘は十八歳ごろまでとてもかわいらしい」けど「そのころからムクムクふとって」くる、というところから発想されているのだろう。それをここまで展開させてしまうところが天才的だ。

女性編集者のTさんは、自分がメンタルのバランスを崩すことに不安を感じる、と云っていた。

ほ「悩みでもあるの？」

T「いいえ」

ほ「仕事のストレスがあるとか」

T「いいえ」

ほ「何か兆候があるとか」

T「ぜんぜん」

ほ「薬とか飲んでるの？」
T「いいえ」
ほ「以前、そうなったことがあるの？」
T「一度も」
ほ「じゃあ、大丈夫でしょう。心配する要素がないと思うけど」
T「……」

詳しく訊いてみると、Tさんの両親は彼女が物心つく前に離婚しているとのこと。原因の一つは母親が精神を病んだことだったらしい。父親に引き取られて育ったTさんには、お母さんの記憶がない。彼女には悩みもなく、今までに精神的にバランスを崩したこともない。傍目にも落ち着いて有能な女性に見える。でも、それにも拘わらず、自分の中にもしかしたら眠っているかもしれない何かをおそれているのだ。

異常な猫

状況が理解できればなんでもないことなのに、それを把握するまでは脳内がパニック、という経験がある。

以前、旅先で古本屋に入った時のこと。本の山の上に猫がいた。おっ、と思って撫でようとした。その時、ふいと上げられた顔を見て、伸ばしかけた手が止まった。その猫は異常な姿をしていた。

奇形。

いや、これは。

猫じゃない。

この動物は。

でも、耳が。

一瞬のうちに、脳が高速回転する。

結論は出た。

これは「耳が短い種類の兎」だ。

そう納得した後も、まだ胸がどきどきしていた。耳が長い種類だったら、もう少し早く状況が把握できただろう。


仕事の打ち上げで日本料理屋さんに連れて行って貰った時のこと。次々に運ばれてくる料理が素晴しかった。特に煮物が美味しくて嬉しい。その最後の一つを口に入れた時、異様な味が口中に広がった。

腐。

いや、これは。

煮物じゃない。

この食べ物は。

でも、どろどろ。

一瞬のうちに、脳が高速回転する。

結論は出た。

これは「熟した柿を使った高級なデザート」だ。

デザートをおかず（或いはその逆）だと思い込んで口に入れると脳が混乱する。見た目が完璧に煮物だったこと、デザートは最後に出てくると思い込んでいたこと、高級すぎて未知の味だったことが、それに拍車をかけた。


昔、恋人とお祭りに行った時のこと。ふらふら歩いていたら、屋台のおじさんに声をかけられた。

「ヴヴヴヴヴヴヴ」

なんだ。なんなんだ。

「ヴーヴーヴ、ヴヴヴヴ」

人間の言葉じゃない。しかも、髭もじゃの顔の中心が純白に輝いている。恋人は怯えている。

「ヴッヴッヴッヴッ、ヴヴヴーヴ」

敵。

いや、これは。

狂気じゃない。

このおじさんは。

でも、口が。

一瞬のうちに、脳が高速回転する。

結論は出た。

これは「ゆで卵を口にくわえたままどんどん話しかけてくる人」だ。

飲み込んでから声をかけてよ。

後からぞっとする

前回「状況が理解できればなんでもないことなのに、それを把握するまでは脳内がパニック」という現象について書いた。触ろうとして手を伸ばした猫がふいと顔を上げたら、それが「異常な猫」で鳥肌が立ったけど、正体は「耳が短い種類の兎」だった、というようなケースだ。

でも、考えてみると、その逆のこともあると思う。「状況が理解できていなかったから平気だったけど、後からわかってぞっとする」ケースである。

三十数年前、私は大学でワンダーフォーゲル部に入った。最初の合宿に参加した時のこと。休憩中に突然、目の前に白い動物が現れた。キタキツネだ。しかも、全くこちらをおそれる気配がない。おお、近づいてくる。撫でられる。可愛い。憧れの野生動物との触れ合い。北大のワンゲルに入ってよかったなあ、と感動しながら、食べ物を与えていたら、いきなり先輩に怒鳴られた。

先「何やってるんだ！」

ほ「え、餌を……」

先「馬鹿野郎、触るな」

ほ「えっ、えっ」

先「エキノコックス、知らないのか！」

知らなかった。エキノコックスなんて初めてきいた。

先「触ったのか？　キタキツネが嘗《な》めた食器は？　食べ物は？」
ほ「あっ、あっ、あっ」
先「どうなんだ！」
ほ「わーかーらーなーいー」
訳もわからないまま、矢継ぎ早に詰問されて、ただおろおろするばかりだった。

エキノコックス症とは、寄生虫の1種エキノコックスによって人体に引き起こされる感染症の1つである。（略）
当症は、キタキツネやイヌ・ネコ等の糞に混入したエキノコックスの卵胞を、水分や食料などの摂取行為を介して、ヒトが経口感染する事によって発生するとされる、人獣共通感染症である。卵胞は、それを摂取したヒトの体内で幼虫となり、おもに肝臓に寄生して発育・増殖し、深

刻な肝機能障害を引き起こすことが知られている。（略）
発症前の診断と治療開始が重要。放置した場合の5年後の生存率は30%と言われている。

（Wikipedia「エキノコックス症」より）

北海道外ではほとんど見られない感染症だから、名前をきいたこともなかったのだ。事情がわかった後は震え上がった。「5年後の生存率は30%」って、おそろしすぎる。しかも、エキノコックスの潜伏期間は十年以上とかいう話で、卒業してからもずいぶん長い間不安だった。いくらなんでももう大丈夫だと思うけど。

数年前に、ニューヨークの公園でやけに人懐っこいリスに餌をやった時も、後から現地在住の友人に叱られた。

友「ちゃんと手袋してた？　素手で触らなかった？」

ほ「あっ、あっ」

前にもこんなことが。リスにも何か寄生虫がいるのだった。それまで、さすがは外国の公園、外国のリス、などと浮かれていた心がぺしゃんこになった。

それから、オーストリアに行った時のこと。見るからに気持ちの良さそうな芝生に、誰一人座っても寝ころんでもいないのを見て怪訝な気持ちになった。入ると叱られるのかなあ、外国で叱られるの嫌だなあ、と思って私も寝ころぶのを諦めた。後からガイドブックを見たら、命に関わるような種類のダニがいたらしい。気が小さい性格でよかった、と心から思った。

可愛いキタキツネ、人懐っこいリス、素敵な芝生。でも、それらの陰には目に見えないおそろしいものが潜んでいたのだ。そう思うと、なんだか、目に見える世界というものが信じられなくなる。

記憶の欠落

覚えられない人名というものがある。好きな俳優なのに、すぐに名前をど忘れしてしまうとか。例えば、私の場合、「豊川悦司」がよく出てこなくなる。そんな時、「トヨエツ」というニックネームの方を思い出そうとするのだが、そっちも駄目だ。苗字と名前から二文字ずつとったキムタクとかマエケンとかと同じタイプのあだ名、ということまで覚えているのに、何故か「トヨ」も「エツ」も出てこない。脳の「豊川悦司」を覚える部分に問題があるのだろうか。

先日、「マームとジプシー」という劇団とコラボレーションをすることになった。テーマは引っ越しだ。私は子供の頃から今までに十数回引っ越しをしている。演出の藤田貴大さんから「住んでいた順番に、それぞれの部屋の間取り図を書いて下さい」と云われて、思い出しながら書いてみた。

その結果、奇妙なことがわかった。高校生くらいまでに住んだ家の間取り図に、ことごとく風呂がなかったのだ。もちろん、実際にはどの家にも風呂はあった。だが、その場所を思い出すことができない。何故か風呂の位置だけがすっぽりと記憶から抜け落ちている。

そこで或る作家についてのエピソードを思い出した。彼の作品には、階段の踊り場で殺人が起こるシーンが頻出するらしい。全く異なる複数の小説の中に、それが出現するという。本人にも理由はわからなかったのだが、研究者が調べたところ、奇妙な事実が判明した。その作家の曾祖父が階段の踊り場で殺されていたのだ。

ぞっとする。踊り場の出現とはベクトルが逆だが、もしや、私の間取り図における風呂の消失にも、何か忌まわしい出来事が関連しているのだろうか。どうしても記憶を封印したくなるような。そういえば、夏の或る日、そこで、裸の父が、飼っていた亀をごしごし洗って、ぴかぴかにしてしまったことがあったけど……。別に忌まわしくないな。他には思い当たらない。単にお風呂が嫌いだからかなあ。

最近、編集者のSさんからこんなメールが届いた。本人の許可を貰って引用してみる。

お世話になります。
Sです。
たいした用件ではないのですが、ご連絡です。
先日、帰り道でお話ししているとき、自分の年齢を33歳と間違えて申し上げた気がします。正しくは現在31歳で、今年の12月に32歳になります。

妻と話しているとき、やはり33歳と言ってしまって、訂正され気がつきました。

失礼しました。

33歳から31歳になって、妙な元気が出てきました。

再来週には対談をまとめた原稿をお渡しできると思います。

よろしくお願い申し上げます。

うーん、と思った。このメールからもわかるように、Sさんはとても几帳面で優秀な男性である。仕事に関しては全くミスがない。それが自分の年齢を間違えるとは……。それに、この雰囲気からすると、たまたま奥さんに指摘されたから気づいたけど、それがなかったら、ずっと間違えたまんまだったんじゃないか、と思えてならない。何よりも、本人が妙に平然としているところが気になる。「たいした用件ではないのですが、ご連絡です」とか「正しくは現在31歳で、今年の12月に32歳になります」とか、まるっきり事務連絡みたいじゃないか。「33歳から31歳になって、妙な元気が出てきました」は冗談かもしれないけど、何かこわいよ。

生首電車

以前、「状況が理解できればなんでもないことなのに、それを把握するまでは脳内がパニック」という現象について書いた。今回はその続きである。

二十年ほど前、当時つきあっていたガールフレンドを助手席に乗せてドライブをしていた時のこと。

突然、ガガガガガガガガとい う音とともに車が揺れた。びっくりして、路肩に止めた。車を降りて周囲を調べてみたけど、何かにぶつかったりこすったりした様子はない。

首を捻りながら、車に戻って走り出した。おそるおそるアクセルを踏み込む。ほっ、大丈夫そうだ。

ところが、少し行ったところで、またしてもガガガガガガガガ。わー、と思って急ブレーキ。でも、やはり原因はわからない。故障だろうか。

こわくなってガールフレンドに運転を代わってもらった。すると、それっきり怪現象は治まってしまった。彼女が運転していると、まったく普通である。


「変だなあ」

「変だねえ」


そう云い合った。

気を取り直してドライブを続けていると、ハンドルを握った彼女が呟いた。

「もしかして」

と同時に、ガガガガガガガガガ。

「わー、なにしたの？」

「ライン」

「ライン？」

「道路のラインを踏むとこうなるんだよ」

ガガガガガガガガの正体は「センターラインのはみ出し防止用ボッボッに乗った車の振動」だった。私の運転があまりにも下手すぎて、普通なら絶対に乗らないようなセンターラインを踏み続けて走っていたのだ。

「あ、そうか。故障でも心霊現象でもなかったんだ」

私は云った。

ガールフレンドは呆れていた。

もう一つは、去年のこと。

昼間、電車に乗ったら空間が異様だった。首。首。首。首。首。首。首。たくさんの首が宙に浮かんでいる。

えええええ？

あ、そうか。

その間、約一秒。

生首電車の正体は「両手に二つずつ首を持った美容師さんの集団」だった。たぶん、コンテストか何かがあるのだろう。首たちは全員カラフルで創造的な髪型をしていた。急に霊が見えるようになったのかと思ったよ。

それにしても、あんな風にそのまま手で持って運ぶなんて知らなかった。確かに、鞄とか容器に入れてちょっとでもどこかに触れてしまったら、完璧に仕上げた髪型が崩れそうだけど。両手に大事な首を持っていたら、Ｓｕｉｃａを出すのも一苦労だ。

お見舞いの失敗

数年前のこと。大学時代の友人からメールが来た。同級生だったAさんという女性が病気で入院したという内容だった。病名からするとかなり深刻な状況に思えた。周囲の友人たちも、お見舞いに行ったり、知り合いの医師に相談したり、出来る範囲で手助けをしているようだった。

そんな或る日、Aさんと仲がよかったBさんという女性と会った。

ほ「Aさんのこと聞いた?」
B「うん」
ほ「心配だね」
B「うん」
ほ「お見舞いに行った時は明るかったけど、こっちを気遣ってたのかもしれないね」
B「うん」
ほ「行った?」
B「うん」
ほ「どうだった?」
B「……」
ほ「……」
B「絶交されちゃった」

意外な言葉に驚く。え、え、どういうこと、と思わず聞き返してしまった。

B「お見舞いに本をもって行ったんだけど」

ほ「うん」

B「それが良くなかったみたい」

ほ「どんな本だったの」

B「外国の絵本で」

ほ「うん」

B「毎日の何気ない時間と小さな出来事の一つ一つがかけがえのない宝物、みたいな内容だったの」

ほ「うーん」

それは、と私は思った。確かに一歩間違えると危ういところがある。

B「そうしたら、怒られちゃった」
ほ「……」
B「その『宝物』をいま私が失おうとしているのに、って云われちゃったの」
ほ「……」

咄嗟に慰める言葉が出なかった。もちろんBさんに悪気はない。食べ物や日用品とは違ったものでAさんを励ましたかったのだろう。苦しんでいる友人に、どうすれば少しでも元気を出してもらえるか。そのことについて、おそらくは彼女なりに考え抜いて、その一冊の絵本を選んだに違いない。しかし、それが裏目に出てしまった。考えすぎたというか、一周回って、危ういところに着地してしまったのだ。

誰かに相談していれば、そういうメッセージのある絵本は読み手の心境によって受け取り方が違うから、というアドバイスをもらえたかもしれない。でも、その余裕がなかったのだ。結果からいえば、お見舞いの品は普通に消費できるものの方がよかった。そうでなくとも、クラシックのCDとか、絵本でなく画集なら、問題はなかっただろう。

それが善意や励ましの気持ちからであっても、誰かの心に「言葉」を贈るのはこわいことだと改めて感じた。音楽や絵画と違って、「言葉」は意味から自由になることができない。それを見たり聞いたりした者の心には必ず「意味」の解釈が入り込む。そこに致命的なズレが生じる可能性があるのだ。

人生後半の壁

人生の前半に主に出会う試練、というか学んで乗り越えなくてはいけないハードルがある。歩行、トイレ、自転車、水泳、対人コミュニケーション、入試、就職などである。

それに対して、若い時には視野に入らないのに、人生の後半に差し掛かった辺りで徐々に姿を現す壁がある。例えば、親の老化。この問題の大変さを多くの人が味わうことになるのだが、実際に直面するまではなかなかぴんとこないものだ。

思春期くらいの頃、親のやることなすことにいちいちイラッときた。一緒にテレビを観ている時に笑うタイミングが気に入らない。「おへそ出てるよ」「へー、そう」という会話に大喜びしている両親の姿を見ると、心がドライアイスのように冷たくなった。あーやだ、どうしてうちの親はこんなにダサいんだろう。そのくせこっちの生活にあれこれ口を出してくる。当時の自分にとって、親とは永遠にダサくて元気で邪魔な存在だった。

だが、その永遠に、小さな亀裂が入る日が来る。大学生の時だった。私は実家から遠い大学に入ってすっかり羽を伸ばしていた。親のダサさも口出しもここまでは届かない。そんな或る日、一年ぶりに実家に帰って彼らの顔を見た瞬間に、あれ？　と思った。なんか、老けてる？　でも、そりゃそうか、とすぐに思い直す。もう歳だもんな。でも、相変わらずうるさいし、ぴんぴんしてるから、まあいいや。

本当の恐怖を味わったのは、それから二十数年後だった。或る夕方、居間に二人でいた時のこと。母親が私に云った。

「今は昼かい？　夜かい？」

ぞっとした。夕方だよ、と投げつけるように答えてしまった。彼女は呆けていたわけではない。ただ持病の手術で入院していて、家に戻ったばかりだったのだ。そんな場合は昼夜の区別が曖昧になることがある、と後から聞かされたのだが、その時はひたすらこわかった。母が壊れてしまった、と思った。

親に対する意識は激変した。ダサくてもうるさくても、とにかく元気でさえいてくれればいい。だが、母は少しずつ確実に弱っていった。彼女の持病は糖尿病だった。徐々に目が見えなくなり、腎臓の機能が落ちて透析《とうせき》も始まった。でも、「今は昼かい？　夜かい？」の後、真のこわさに直面することはなかった。私は彼女の老いから目を背けていた。それができたのは、全ての面倒を父が看ていたからだ。病院への付き添い、介護、家事、その他を、彼は一人でこなしていた。妻を守ると同時に子供である私をも守ろうとしていたのだろう。同居していた私でさえそうだったのだ。仮に両親のどちらかが病気になっても、もう一人が比較的元気でフォローできるなら、離れて住んでいる子供の生活にはさほど影響がない、というかそもそも問題に気づかないこともあるようだ。

大学の同級生と会った時、こんな話を聞いた。

同「父は膝が悪いの。母の方はちょっと呆け始めてたんだけど、それを父が私やお姉ちゃんに報せてなかったのね。で、そのまま何年も暮らしてた。一人の体が悪くて、一人の頭がちょっと不調でも、二人で一人前って感じでなんとかやってたのよ。それがとうとう破綻《はたん》して、一気に滅茶苦茶になったの」

ほ「ど、どうなったの？」

同「久しぶりに実家に帰ってみたら家の中がぐちゃぐちゃで、冷蔵庫のものはみんな腐ってて、冷凍庫からは凍った通帳がざくざく出てきたの」

「えっ？」

「何十冊もあったよ、通帳。たぶん隠したつもりだったんだ」

私は絶句した。なんとか自分たちの身を守らなくては、という感覚がお母さんの中で強まっていたらしい。

世界が入れ替わる瞬間

取材でRさんという方のお宅にうかがった時のこと。

帰り際に、玄関の棚に兎のぬいぐるみが座っているのに気がついた。あれ？と思う。さっき入った時、こんなのいたっけ？

そう思いながら、Rさんに尋ねてみた。

「兎、お好きなんですか」

ほ

R「あ、これ、兎じゃないんです」

「?」と思う。だって、どう見ても兎なのだ。

ほ「あの、じゃあ、これは……」

R「ハートです」

ほ「ハート?」

R「ええ。兎より一回り大きくて、オーストラリアにいる動物です」

「そうですか、知りませんでした」と云って、靴を履き、お宅から失礼した。なんとなく不安な気分だった。そのあと「ハート」のことは調べていないけど、たぶん実在するんだろう。単に私に知識がなかっただけなのだ。

と云いつつ、でも、Rさんの家の玄関で、あのぬいぐるみを見るまで、私が生きていた世界には、兎にそっくりで、でも、一回り大きい動物はいなかったように思えてならない。「兎じゃないんです」と云われた時の痺れるような感覚を思い出す。あの瞬間に、世界が別の世界と入れ替わってしまったような。
この世界はもう以前のそれとは違う。そんなことを口に出したら、おかしく思われるだろうから云わないけど。
十年以上前の或る日、詩人の友達がこんなことを教えてくれた。

詩「うちの前の道にずっと緑色の車が止まってるんだ」
ほ「うん」
詩「何年も何年も放置されて」
ほ「うん」
詩「今朝見たら、そのナンバープレートが1111になってた」

驚いて彼女の顔を見ると、目が光っている。

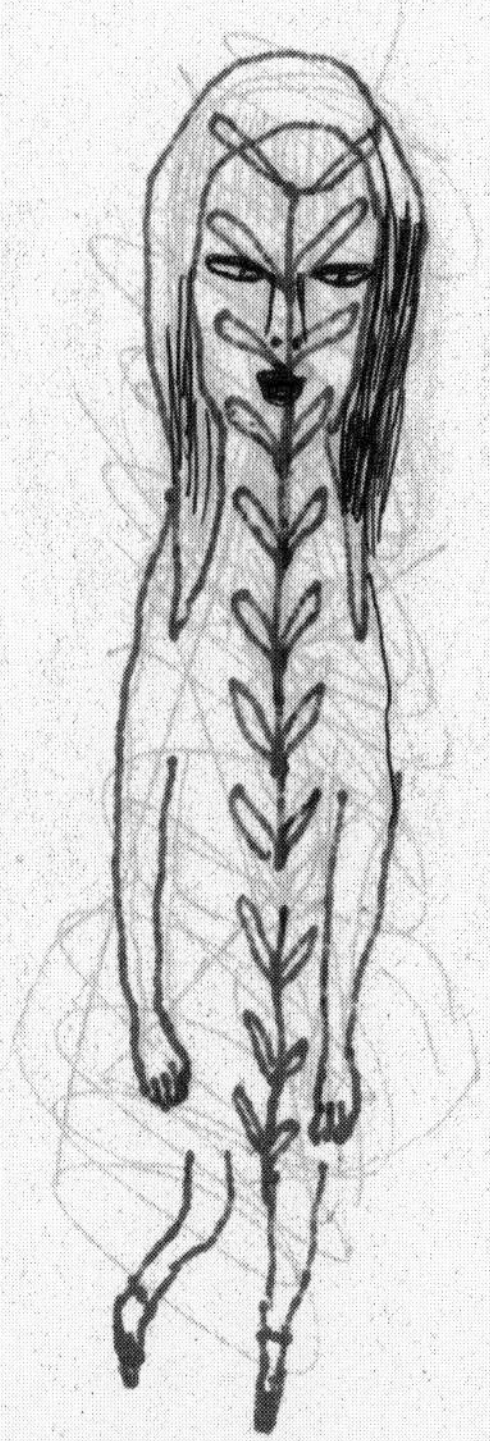

ほ「前は、ちがったんだよね？」
詩「うん」
世界が入れ替わったのだ。
そう云えば、こんなこともあった。ずいぶん前、熱海駅の構内を数人で歩いていた時、一人の友達が不意に云った。
友「この駅、本物？」
質問の意味がわからなかった。
ほ「どういうこと？」
友達はにっこりして云った。

友「なんか、贋物かなあって」

ぞっとした。周囲の景色が急に揺らいだ。

ほ「あんなにいっぱい土産物屋とかあるのに、全部、贋物ってことはないでしょう」

友「そうだねえ」

友達はにこにこしていた。何かがおかしい。

そもそも誰が何のために熱海駅の贋物を作る必要があるのか。放置された車のナンバープレートを１１１１にする理由は。兎にそっくりで一回り大きな動物の意味は。わからない。でも、ハートはいるんだ。

出てくる話

以前、実家の冷凍庫から凍った通帳が大量に出てきた、という知人の話を書いた。高齢の親がそういう行為をしていた、という背景にショックを受けるのだが、その前に、意外な場所からあり得ないものが出てくることの単純なこわさもあるんじゃないか。

それに関連して、思い出したことを幾つか書いてみる。

まずは、知り合いのバンドマンからきいた話。

バ「ずっと飼ってたのに、急に死んじゃったんだよ」
ほ「うん」
バ「それがツアーに出る当日で」
ほ「うん」
バ「ちゃんと葬る時間がなくて」
ほ「うん」
バ「どうしようもなくて」
ほ「どうしたの？」
バ「冷凍庫に入れて出かけた」
ほ「えっ」
バ「真夏だったんだ」

飼っていたのは蛇である。うーん、と思った。マンションでは埋める庭もないし、確かに、その場になったら、それしかないのかもしれない。でも、もしも事情を知らない家族や恋人が冷凍庫を開けたら、と想像してしまう。驚くだろうなあ。トラウマで、その冷凍庫が使えなくなるかもしれない。
また別の友人は、外出から帰宅して鞄を開けたら、中から蛇口が出てきた、と云っていた。

ほ「蛇口ってどんなの」
友「金属の……」
ほ「だいたい金属だよね」
友「うん」
ほ「どうして鞄にそんなものが？」
友「デパートのトイレで手を洗った時に入っちゃったのかなあ」
ほ「……」

いやいやいやいや。「デパートのトイレで手を洗う」から「鞄の中に蛇口が入る」

の間が、だいぶ飛んでるんじゃないか。

友「妙に鞄が重いなあ、と思ってたんだよね」

しかも、その現象が起こったのは二回目だという。前世で蛇口と何かあったのだろうか。友だちのことを、こわい、と思ってしまった。

最後は自分の話。

数日間、異音に悩まされていたことがあった。がさがさがさがさ、変な音が右の耳から聞こえてくる。いくら耳かきをしても治らない。覗いてもらったけど、特に異常は見当たらないようだ。でも、音は止まらない。やはり耳自体の問題か。病院に行くしかないか。と思いつつ、ぐずぐずしていた。

そんな或る日、なんとなく耳に指を入れたら、するすると髪の毛が出てきた。しかも長い。えっ、と思う。私のよりも妻のよりも、ずっと長いのだ。

謎の二人連れ

先日、旅先で電車に乗った。混んでいたのでグリーン車にした。仕事の後で疲れてもいたから、少しでもゆったりと帰りたかったのだ。

切符に記された座席番号を呟きながら、通路を歩いてゆく。

すると、座席の背もたれを最大に倒して、ビールを飲みながら話している二人連れの男性が目に入った。派手な服装、ごつい体格、こわい顔つき。独特のオーラを放っている。これは、たぶん、どうみてもヤクザ的な人たちだ。

悪いことに私の席はその真後ろだった。嫌だなあ、グリーン車にしたことが裏目に出たか、と思いながら、おそるおそる席に滑り込んだ。

その時、奇妙なことが起こった。ガタンという音とともに、目の前とその隣の座席の背が、リクライニング状態から一気に元の位置に戻されたのだ。

突然広くなった空間に戸惑いながら、へ？　と思う。

なんだろう。何が起きたんだ。今までは後ろに誰もいなかったから背もたれを思いっきり倒していたけど、私が来たから定位置に戻した、ということだろうか。この、ヤクザ的な人たちが……。

混乱したまま、私は自分の座席の背を少し倒した。それから、試しにまた元の位置に戻してみる。やはり違う。ちょっと倒しただけでもずいぶん楽になる。まったく倒さないのは腰が苦しいのだ。前の二人は体もごついし、いっそう窮屈なんじゃないか。

そのことを再確認してから、私は二段階ほど背もたれを倒した。しかし、前の椅子は少しも倒れてくる気配がない。その隣もだ。なんだか、逆に、不安な気持ちになる。

でも、わざわざ前の人々に「倒していいですよ」と声をかけるのもおかしい。そもそもどうして、いきなり背もたれを戻してしまったのか。しかも隣の人まで一緒に。

もしかしたら、組の親分が昔気質で、どんなことがあっても堅気の衆には絶対に迷惑をかけるな、と厳命されているのだろうか。

「おっと、誰か来たわ。椅子を戻さにゃ」

「よっしゃ、オレも」

「オマエはいいんだ。後ろに誰もおらんのだから。おやっさんだって許してくれる」

「いや、オマエだけに窮屈な思いはさせられん」

「馬鹿。何云ってやがる」

「ははは。一緒に殴り込みをかけて、臭い飯を食った仲じゃないか」

仲良しヤクザ……。でも、親分、椅子の背もたれを少しくらい倒すのは迷惑からはほど遠いですよ。現に、私は堅気ですけど、二段階倒してます。それくらいまではOKにしてあげてください。

あれこれ想像して、前の椅子をじっと見つめながら、落ち着かない時間を過ごした。

やがて降りる駅が近づいてきた。とうとう最後まで前の二人は椅子の背を倒そうとしなかった。私は彼らに軽く会釈して電車を降りた。こわい顔の二人はきょとんとしていた。

後日、友人にその話をしたところ、こんな感想が返ってきた。

「その二人は実はヤクザさんではなくて、おまわりさんだったのでは？　私は警察署の近くの飲み屋で働いていたことがあるのですが、或る種のおまわりさんとヤクザさんは風貌や雰囲気がよく似ています」

うーん、そうか。じゃあ、あの体格のごつさと礼儀正しさから考えて、彼らは警視庁の柔道選手だったのかなあ。いや、それにしても、リクライニングをゼロにするっていうのは不思議だよ。

危機一髪

大学に入った年に、ガールフレンドらしき人ができた。私にとっては、小学校三年生以来のことである。事実上、初めての恋人だ。

初めての恋人が初めて私の部屋に遊びにきた日のことである。

二人で床に座ってお茶を飲みながら、あれこれと話をした。ふっと会話が途切れた一瞬に、何を思ったのか、彼女はきょろきょろと辺りを見回した。

と、突然、ベッドの下に手を入れるではないか。

私は心の中で、ぎゃー、と叫んだ。そこは、そこには、見られたくない雑誌がたくさん隠してあるのだ。

だが、止める間もなく、彼女の手がずるずると一冊の雑誌を引っ張り出した。一瞬のことであり過ぎて、逆にスローモーションみたいだった。私は呆然としたまま、息を呑んで、それを見ているしかなかった。

内心は大パニック。

「居住空間学……」

彼女が摑み出したのは、或る雑誌のインテリア特集号だった。ふーん、という感じでそれを捲っている。

私は、ほっとして涙ぐみそうだった。

なんという幸運だろう。ベッドの下にあるのは、ほとんどエッチな雑誌なのに、彼女は数十分の一の確率で非エッチな雑誌を引き当てたのだ。

私は、慌てて冗談っぽく云った。

「あ、そこはもう触らない方がいいよ。よくない雑誌が出てくるから」

「え、ああ、そうか」

彼女はくすっと笑った。私も笑った。

そうなのだ。言葉で云うのはぜんぜんOKなのだ。でも、だからといって、現物も許されるというわけではない。このタイミングで、裸の女性がぎっしり詰まった本が出てきたら、やっぱりまずいよ。

彼女はそれきりベッドの下に手を伸ばすことはなかった。その後、私たちは長くつき合うことになった。

これまでの人生において、ビンゴとか福引きとか抽選とかいうものに、私は当たった記憶がない。それはあの時、運を使ったせいだと思っている。

ビンゴなんて当たらなくても全くかまわない。絶体絶命の危機にこそ、幸運のカードを引きたいと思うからだ。神様、これからも、あんな時には非エッチな雑誌の方を彼女の手に握らせてください。いや、もう、ベッドの下にそんなものないけど。

非エッチな雑誌とエッチな雑誌では人生に与えるダメージが全く違う。

非エッチな雑誌……無傷
エッチな雑誌……致命傷

どうしても無傷では済まない場合も、致命傷だけは避けたいと思う。

エッチなグラビアのある漫画雑誌……全治二週間

こんな感じだ。

致命傷を避けたいといえば、一昨年の或る日のこと。私はおねしょをしてしまった。ショックだった。五十歳でおねしょなんて、恥ずかしいというよりもこわい。何かの病気とか呆けの兆候ではないか。

しかし、前向きに考えることにした。昨日じゃなくて、よかった。その前の日、私は旅先にいた。そして、ちょっとした事情から、知り合いのそのまた知り合いの方の家に泊めてもらっていたのだ。もしも、このおねしょがそこで起こっていたら……。初対面の人の家でおねしょ。おそろしすぎる。

おねしょはしないのが望ましい。でも、どうしても私にそれをさせたいのなら、神様、致命傷にならない時と所でお願いします。

鮨屋にて

先日、父と一緒に鮨屋に行った。ちょっとした親孝行のつもりである。カウンターに並んで座って、まずはビールで乾杯。それから板前さんにお任せで十貫ほど握ってもらいながら、あれこれと話をする。一緒に行く予定のアンコールワット旅行の相談をしたり、父が夏に登った山の話を聞いたり。

私の父は八十三歳で、少し耳は遠いけど、未だに北アルプスを縦走するほどの健脚を誇っているのだ。それでも会うたびに、つい「大丈夫かな」という気持ちで接してしまう。そろそろ補聴器を買ってあげるべきだろうか。

でも、今日は板前さんとも楽しそうに話している。ちゃんと聞こえてるんだ。ほっとする。

その時、父が「おっ」と声を上げた。

父「あれ、有名人じゃないか」

ほ「え?」

父「ほれ、あの端っこで、一人でお酒飲んでる外国人よ」

ほ「そう?」

父「うん。よくテレビで見るぞ。鮨が好きなんだなあ」

そう云って、父はにこにこしている。見ると、確かに大柄な髭の外国人客がいる。でも、私はその顔に見覚えがない。

ほ「そう。あんまりテレビ見ないから……」
父「なんだ。知らないのか」
それから、私たちはビールの追加とお椀を頼んだ。
しばらくお鮨をつまんでいると、また父が云った。
父「あれ？　その隣の人も有名人じゃないか」
その瞬間、鳥肌が立った。これは、まさか、あれじゃないのか。
私は、十年ほど前の或る夕暮れに、突然、母親にされた質問を思い出した。
「今は昼かい？　夜かい？」
ぞっとした。「ついにきた」という気持ちだった。その彼女も今はもう亡くなっている。

落ち着け。自分にそう云い聞かせながら、私は外国人の隣の客を見た。そこにいたのは平凡な雰囲気の中年男性で、どう見ても芸能人という感じではない。ますますやばい予感が募る。

私は平静を装って父に尋ねた。

ほ「そう。有名って、どんなことしてる人?」

父「ん、えーと……」

ほ「……」

父「ほれ……あの……」

ほ「……」

答えを待ちながら、緊張でどきどきする。

父「サッカーの、解説者よ」

うーん。そ、そうか。それなら見た目上は普通の男性ってこともあるなあ。父はスポーツに詳しいのだ。私が知らないだけかなあ。じゃあ、あの外国の人も、いや、でも……。混乱する。本当にたまたまそういう人が並んでいるのだろうか。

真実を知るのがこわいような気がして、私は曖昧に話題を変えてしまった。もしも、あの時、と思う。「お父さん、そのまた隣の人はどう？」と訊いていたら、一体どうなっていたんだろう。

見えない敵

子供や学生の頃はちっともこわくなかったのに、今はとてもおそれているものがある。

その名はカロリー。名前を知っているだけで、一度も姿を見たことがない。

でも、噂によると、全ての食べ物の中にそいつは紛れ込んでいるらしい。

例えば、近所のコンビニエンスストアで買ってきた菓子パンを食べながら、なんの気なしにカロリーの表示を見て愕然、ってことがある。

こんなところに、これほど大量の敵兵が潜んでいたとは。うう。待ち伏せとは卑怯なり。

「これ一個で六六〇キロカロリー？　ふ、ふざけるな。それなら、最初からちゃんと御飯を食べるよ。無し、無し、今の無し」

誰に向かって訴えているのか、自分でもよくわからない。そして、いくら「今の無し」と叫んでも、一度飲み込んでしまったカロリーを無かったことにすることはできない。できない、カロリー、キャンセル。

カロリーの表示に打ちのめされる一方で、外食などの時に全くそれがないのも不安だ。敵の兵力がわからない。

だから、ノンカロリーのビールの存在を知った時は、嬉しかった。なんたる心強き味方。飲んでも飲んでもノンカロリー。ほら、ここにちゃんとゼロって書いてある。私は大量に買い込んだ。

ところが、或る日のこと。友人と待ち合わせをしていた本屋で、こんなタイトルの新書を発見してしまった。

『「カロリーゼロ」はかえって太る！』

ぐらっときた。こわくて中身を読むことができない。じゃあ、「『ハイカロリー』はかえって痩せる！」のか。そんな都合のいいことは書いてないだろう。『ハイカロリー』はもちろん太る！」のだ。ハイでもゼロでも太る。どうしろっていうんだ。

会社員時代の後輩にBさんという女性がいた。彼女のお昼御飯はクリームパン一個だった。ハンカチの上に、ころんと置かれている。

ほ「それだけ？」

B「はい」

ほ「御飯？」
B「はい」
ほ「大丈夫？」
B「これ、美味しいんですよ。でも、物凄いカロリーなんです」

答えになってない。でも、気持ちはわかる。Bさんは満腹感とか栄養バランスなどという平凡な考えを捨てて、夢のクリームパンを採ったのだ。

背筋を伸ばして、目を閉じて、真剣に食べている。カロリーから逃げない。その代わり、すみずみまで味わう。そんな気迫が感じられた。

侍だな、と私は思った。

侍はクリームパン食べないけど。

よそんち

子供の頃、友達の家に遊びに行くと、玄関のところではっとした。匂いが違うのだ。そう感じるのは、私だけではないらしく、Fくんの家は「ネズミのおしっこの匂い」だと云われていた。

だが、変な匂いがするのは、Fくんの家だけではなかった。程度の差はあっても、どの家にもそれはあった。それなのに、不思議なことに自分の家には感じない。慣れちゃったのかな。でも、たぶん、友達は感じてるんだろうな。そう思って不安になった。僕んちはどんな匂いがしてるんだろう。

玄関の匂いだけではない。友達の家の冷蔵庫や薬箱の中身があまりにも自分の家とちがっていて驚いた記憶がある。奇妙なおやつとか常に上半身裸のおじいさんの存在などもおそろしかった。よそんちに一歩でも踏み込んだら、そこはもう別世界なのだ。

逆に、自分の家の特殊性を知らされたこともある。夏の間、私の家では普通の麦茶と砂糖入りの麦茶が冷蔵庫に常備されていた。或る日、遊びに来たKくんに砂糖入りの麦茶を出してあげたら、一口飲むなり「うわっ、うわっ、なにこれ」と叫んだ。ショックを受けていたようだ。Kくんの反応によって、私はそれが一般的な飲み物ではないことを初めて知った。今ならその驚きも理解できる。見た目は麦茶で飲んだら甘いって、ちょっとやばいよなあ。

やはり、小学生の時のこと。友達の家でトイレを借りたら、そこのおばさんに「水は流さなくていいから」と云われた。

「子供のおしっこは臭くないから、ためておいて流すのは三回に一回でいいの」

こわかった。あれは倹約のためだったのだろうか。当時は、その理由もよくわからなかったし、今、考えても、仮にその家のルールがそうだったとしても、遊びに来た子供の友達にまで適用しようとするところに異様さを感じる。

以前、精神科医で作家の春日武彦さんと対談した時、よそんちのこわさについて、こんなやり取りをしたことを思い出した。

穂村　(略)子供の頃、よその家の匂いとか、出されるお菓子が違うことに、驚いたりしたじゃない。

春日　お昼にインスタントラーメン食わしてくれたのはいいけど、峠の釜めしの入れ物に入ってくるとか、赤いウインナソーセージ入りのカレーを振る舞われるとか。あんな嫌な取り合わせってないよ

（笑）。でも、その家族にとっては当たり前のことで、家の中というのは家の外と一見相似形に見えても違うんだよね。でも、子供にとっては生まれた家こそがまさにスタンダードだから、例えば近親相姦とか父親が子供に性的いたずらをするなんていうのも、小さい時からやられてると、そんなものだと思ってしまって、全然バレない。

——そういえば、知り合いの男性で、お父さんとブリーフを共有しているという人がいて、驚いたことがあります。ブリーフが入っている引き出しがあって、そこからお父さんもその彼も順に取り出してはいていると。

『秘密と友情』（新潮文庫）より

春日先生の話もさることながら、最後に編集者が語った「ブリーフ」の件には驚いた。思わず「ブリーフが入っている引き出し」を想像してしまう。トランクスだったらそこまでじゃない気がする。でも、「ブリーフ」、しかも、これは白だろう。

もしも「男性」に恋人がいたら、その事実を知った瞬間どう感じるだろう。愛する人の「ブリーフ」を、実はお父さんも「共有」していたのだ。これは恋人たちの関係性を揺るがすくらいのインパクトがあるんじゃないか。もしかしたら、この話に直接は出てこないお母さんが、夫と息子をそんな風に飼い慣らしたのかもしれない。

「そう思うと、昔の『嫁ぐ』という感覚はものすごくこわいことだよ」と春日先生は云っていた。確かに、結婚は一対一、拡大して捉えても家対家の出来事だけど、「嫁ぐ」はたった一人でよそんちの人になるってことだもんなあ。娘になった証として、お義母さんとショーツを「共有」させられたりして。

ケジャン

風邪で寝込んでいると、いつも頭に浮かぶことがある。それは、戦場で病気になった人は苦しかっただろうなあ、という思いである。

自分は今、ふわふわの蒲団で眠っている。枕元にはポカリスエットと体温計とスマートフォン。仕事先に「すみません、風邪をひいてしまって、原稿少し遅れます」とメールをすれば、「お大事に」という返信がくる。「ふざけるな、熱なんか関係あるか。いますぐ原稿を送ってこい」と云われることはまずない。

このまま大人しく寝ていれば、数日後には必ず治るだろう。それなのに、今、熱があるだけで、こんなに苦しいんだもんなあ。戦場で病気になって寝込んだら、どんなに心細くておそろしいだろう。

戦場じゃないけど、一度だけ、雪山に登っている時に熱を出したことがある。テントの中で晩ごはんの準備をしながら、なんだか喉が痛いなと思っていたら、たちまち熱っぽくなってしまった。苦しい。でも、シュラフに入っても眠れない。焦りが募る。明日のことを考えると不安に押し潰されそうだ。

案の定、翌朝は風邪プラス寝不足という最悪の状態だった。泣きそうだ。でも、どうしようもない。誰も助けてくれない。自分の足で下山するしかないのだ。

ふらふらしながら、重い荷物を背負って、雪の中を歩き出した。真っ白な世界の中で、はあはあはあはあはあ、という自分の喘ぎ声だけが耳に入ってくる。

ところが、汗をずくずくにかいて歩いているうちに、だんだん足に力が戻ってくるではないか。不思議に思いながら、なんとか無事に下山することができた。

もしかしたら、と思った。ふわふわした蒲団があるから、一週間も寝込んだりするのかもしれない。本当の本当に追いつめられたら、逆に、風邪なんて吹っ飛ぶんじゃないか。私は一つの悟りを得たような気分になった。

そこで、次に風邪を引いた時、気合いを入れてみた。下がれ熱。消えろウィルス。吹っ飛べ風邪。でも、駄目だ。いくら雪山の体験を思い出して自分に云い聞かせても、風邪は体に取り憑いたままだ。悪寒と関節痛に苦しみながら、私はがっかりしていた。あの悟りは幻だったのか。

似たような体験を何度か繰り返すうちに、私は自分の気合いを信じられなくなった。そういうものに頼らない生き方をしよう。具体的には、ここ一番という局面自体を避けるというか、そもそも苦境に追い込まれないようにするのだ。

という訳で、私はこわそうな人や辛そうな状況に対する回避レーダーを巡らせて、いつもびくびく生きている。

しかし、いくら気をつけていても、リスクをゼロにすることはできない。例えば、ケジャン。ケジャンとは蟹のキムチである。先日、それを食べようとしたら、歯の立て方が中途半端だったらしく、殻の割れ目に唇の皮を挟まれてしまった。焦って引っ張ったら唇が裂けそうになる。殻を割るハサミを使おうとしたけど、挟まれてるこっちの方が痛くて駄目だ。唇を人質に取られていて何もできない。痛い痛い痛い。頭が真っ白になったまま、数分が過ぎる。血の味がする。一瞬、一一九番が頭に浮かんだ。でも、この状態で救急車なんて恥ずかしすぎる。

結局、自分の歯で周囲の殻を少しずつ嚙み割って脱出に成功した。唇がぬるぬる流血して、すっかり血の気が引いていた。ショックだ。人間が蟹のキムチにここまでやられるなんて。

この世には思いがけない危険が充ちている。でも、立ち向かうための気合いや胆力が私には欠けている。困難に耐えて何かを成し遂げたことがない。それは顔にも出ていると思う。修羅場を潜った人間に憧れて、時々、フィクサーやヤクザの画像検索をしてるんだけど、良し悪しは別にして、彼らの顔つきには精気が漲っている。私のような風貌の者は一人もいない。

小さな砂時計

四十二歳の時、会社の人間ドックで緑内障が発見された。

なんらかの理由で視神経がだめになってゆく病気で、進行とともに少しずつ視野が欠けてゆく。根本的な治療法のない、いわゆる不治の病の一つで、対処法としては眼圧を下げる目薬の使用が一般的だ。

今は二種類の目薬を点《さ》している。眼圧を下げることで、視神経に与えるダメージが減るらしい。手術という手もあることはあるけど、それも目薬と同様に眼圧を下げることを目的とするもので、視神経を直接回復させるようなことは今のところできないようだ。

一番奇妙な点は、失明に向かって進んでゆく不治の病なのに、自覚症状や生活上の注意点がまったくないことだ。唯一の症状である視野の欠損は、両目が補いあっている鼻側から始まるので、かなり進行するまでは、本人にも自覚できない。

そのため、自分が病気って感じがしない。痛くも痒くもなく、飲んだり食べたりしてはいけないものもない。これをしてはいけないということもない。或るお医者さんに「強いて云えば、極端なGがかかる戦闘機には乗らない方がいいです」とアドバイスされたけど、云われなくても乗らないからなあ。

ただ、目薬の副作用はある。私の場合は、睫毛がやけに長くなった。バサバサである。それに気づいた女性に羨ましがられるたびに不思議な気持ちになった。自前の睫毛がこんなに簡単に伸びるのに、どうして女性たちはお化粧で長く見せるのに苦労しているんだろう。この副作用を利用して睫毛を伸ばす化粧品を作ればいいのに、と思っていたら、本当に商品化されたらしい。

本当か嘘か知らないけど、人間は百五十歳まで生きたら全員が禿げて失明する、と聞いたことがある。ただ、実際には誰もそこまで生きないから、禿げる前、失明する前に寿命の方が尽きることになる。資質的に毛根と視神経が弱い人だけが、その前に禿げ、失明する可能性があるわけだ。

だから、八十代で緑内障が発症した人はおそれる必要がない。逆に、若年性でスタート地点が早いほどリスクが高い。私の場合、四十代で見つかっているから微妙なところだが、毎日目薬を点して寿命までなんとか視野を維持できたら、病気から逃げ切ったことになる。

死までの時間を刻む大きな砂時計は、万人が持っているから、通常はほとんど意識されることがない。でも、私にはもう一つ、失明までの時間を刻む小さな砂時計がある。そちらの方が大きな砂時計よりも先に落ち切ってしまわないか不安だ。

小さな砂時計はオプションで与えられたものだから、御飯を食べていても、本を読んでいても、誰かと話をしていても、いつも意識のどこかにある。逆に云えば、そのために丈夫な目の持ち主よりも世界が少しだけ綺麗に見えているはずだ。

仔猫と自転車

道端で仔猫がぷるぷるしていた。

自転車のタイヤに鼻を近づけて、前足でつんつん触っている。ものすごく小さくて、弱そうだ。

大丈夫かな、と思う。カラスに狙われたら、ひとたまりもないだろう。車に轢かれたら、死んでしまうだろう。車に轢かれたら、私だって死んでしまうけど。

でも、仔猫はそのことを知らない。カラスとか車とかを気にしている気配はゼロ。

そもそもそれらの存在を知らないのだろう。生まれたばかりで、この世のほとんどが初めて出逢うものなのだ。小さな前足で、ひたすら、自転車のタイヤをふみふみしている。

その熱中振りに胸が熱くなる。なんだか、なにかが、羨ましい。

いくらつんつんふみふみしても、君には自転車なんて乗れっこない。食べることもできない。結局、それが何だかもわからないだろう。

でも、触ってみたくて触っている。

つんつんつんつん。

ふみふみふみふみ。

嗚呼。

いいなあ。

私は何をする時にも、カラスや車のことがまず気になる。いつもそれらをおそれている。

そんな私にも、がんばって触ろうとする対象があることはある。でも、それは仔猫にとっての自転車のようなものではない。私が触ろうとするのは、意味や価値があると思えるものだけだ。カラスや車にびくびくしながら、自分にとって意味や価値のありそうなものだけに近づく。それが私だ。

仔猫はまったく違う。その小さな頭は、そんなこと何にも考えていないのだ。カラスも車もおそれていない（そもそも知らない）。意味も価値も求めていない（そもそも知らない）。

ぷるぷるしながら、ただ、目の前の自転車のタイヤをつんつん、ふみふみ。ものすごく小さくて、弱そうだ。簡単に死んでしまいそう。なのに、夢中で楽しそう。

どきどきする。その純粋さに憧れる。

私は思わず仔猫に近づこうとした。二歩、三歩。と、その時。

ぐるるるるるるる。

変な音がした。見ると、仔猫の向こうにもう一匹いるではないか。大人の猫だ。

気づかなかった。模様がぜんぜんちがうけど、どうやら仔猫の母親らしい。

こちらを睨みながら、激しく唸っている。

ぐるるるるるるる。

わかった。わかったよ。何にもしませんよ。じりじりと後ずさりする。

母猫は警戒を解くことなく、こちらを見つめている。猫も大人になると、いろいろ大変なんだな、と思う。

仔猫は母猫の唸り声にも気づかない。曲者が近づいたことも、ママに守られたことも知らずに。

つんつん、ふみふみ。

つんつん、ふみふみ。

もちろん、私のことなんて目にも入っていない。

何にも入っていない。

つんつん、ふみふみ。
つんつん、ふみふみ。
仔猫は自転車が大好き。

あとがき

昔からこわがりだった。初めてのことやよく知らないことに対して、わくわくする、という気持ちより、こわい、という気持ちが先立ってしまう。海外旅行や習い事や同窓会はもちろん、飲み会なども苦手だ。素面《しらふ》の時とは場のテンションが変わるから。それが楽しい、というのはわかるけど、私には不安の方が大きい。

飲み会にまったく参加しないわけではない。でも、例えば、途中から顔を出す、というようなことはできない。遅れてやってきて「ごめんごめん」「お、待ってたよ」とたちまちその場に溶け込める人が羨ましい。飲み会に途中から参加して席を移動しまくる人はだいたい人気者だ。「そこ、あたしの席！」と叱られて「ごめん」と謝りつつ「いいよ、半分こしよう」と云われて、一つの椅子に二人で仲良く腰掛けて盛り上がっている。その姿が眩しい。あんなことしてみたい。

私はといえば、最初からきっちり参加してトイレの後に席を移動することもなく、しかもずっと影が薄い。飲み会の終盤には、周囲に人がいなくなっている。ぽつんとして、なのに、その場所から動けない。地縛霊か。

途中参加や席移動の何がこわいのか、と訊かれてもうまく説明できない。強いて云えば、変化がこわいのだ。物事や状況が変化する時、死の匂いが強まると思う。だが、そんな不気味なことは口に出せない。トイレの後に席を移動しても、実際に死ぬわけではないからだ。むしろ、ずっと同じ席に座り続けて、素面の時と同じテンションでいることこそ、飲み会における緩慢な死をもたらす。時計の針が進んでも一向に盛り上がらず、つまらない人だと思われ、ぽつんと一人取り残される。

苦しみとおそれは違う、と思う。苦しみには実体があるがおそれにはない。おそれは幻。ならば、おそれる必要などないではないか。おそれてもおそれなくても、苦しむ時はどうせ苦しむんだから、その時に初めて苦しめばいい。今はただ勇気を出して、目の前の人生に、変化しつづける世界に立ち向かえ。飲み会では酔っ払って、どんどん盛り上がって、いつもと違う己を出すんだ。と思うけど、できない。どうしても、その手前でびびって消耗してしまう。誰にも話しかけられずに、時々お酌をして、あとは眼鏡のレンズを拭いてばかりいる。

これまでの自分の人生に本当の苦しみはなかったと思う。ただ、幻に怯えていただけだ。私の人生を四文字で表すならびくびくだ。最後の日に叫びそうだ。いったい何をびびってたんだ。今まで何をやってたんだ。どうせ死ぬのに。今日死ぬのに。なんなんだ。と。おそろしい。本書には、そんなびくびくのあれこれを書いてみた。

連載担当編集の丹所千佳さん、単行本担当編集の横田充信さんには、大変お世話になりました。ありがとうございました。祖父江慎さん、藤井瑶さん、えつこミュウゼさん、美しい本にしてくださってありがとうございます。打ち上げの飲み会やりましょう。

穂村　弘

二〇一六年五月二九日

解説

福澤徹三

怖さとは想像力である。

まだ起きていないなにかに思いをめぐらせることで怖さは生じる。すでに恐怖の渦中《かちゅう》にいてもそれはおなじで、これからを想像するから怖さは増す。つまり想像力が豊かであるほど、恐怖に対する感覚は鋭敏になる。

そういう意味でいえば、名だたる歌人でありエッセイストでもある穂村弘さんに怖いものが多いのは当然だろう。本書『鳥肌が』は、穂村さんが怖いと感じる――すなわち鳥肌が立つ事柄について記したエッセイ集である。

「僕はホームの列の一番前には絶対に立たない〈次の瞬間〉」

冒頭で穂村さんの友人がそう主張する。穂村さんも同意しているとおり、この心理はよくわかる。背後に立っている者に突き飛ばそうという悪意があればもちろん、悪意がなくても電車がホームに入ってきたとき将棋倒しになれば、まず助からない。となるとホームの列の先頭に立つのは想像力が欠如《けつじょ》しているのか。あるいはこちらが心配性なのか。

次の瞬間に起きることへの想像力には個人差があることがわかる。

〈次の瞬間〉

なにを恐れるのかも、ひとそれぞれだ。自宅に核シェルターを造る者もいれば、毎月定期検診を受けたうえに半年に一度は人間ドックに入る者もいる。いうまでもなく前者は核戦争を恐れ、後者は病を恐れているわけだが、たいていの災難は想像を超えたところにやってくる。

いささか余談めくし過去に活字にもしたけれど、以前わたしの高校時代の同級生がバイトをしていた喫茶店があった。マスターは温厚な性格で愛想もよく、店は繁盛していた。

ただマスターは火のあつかいに関して異様に神経質だった。閉店三十分前の午後十時半からはいっさい火を使わず、コーヒーも料理もオーダーストップとなる。

店のどこかに火の気が残っていても、閉店まで三十分あれば煙や炎で察知できるから火災を未然に防げるというのがマスターの考えだった。しかしその店は、近くの工事現場から飛んできた火の粉が原因で全焼した。

特定の局面で、何かをする自由を与えられた時、その可能性に対してどんな反応をするのか、自分でも確信がもてないのだ。〈自分フラグ〉

・

『自分フラグ』では、そんな恐怖が描かれている。

たとえば赤ちゃんを抱くのが怖い。わたしは子どもがいないせいもあって、この怖さは切実だ。赤ちゃんを抱いたのは数えるほどしかないだけに、いまだにどうあつかえばいいのかわからない。

あれはどこかの酒席だったか、生後何か月ともしれない赤ちゃんを無造作に押しつけられたときは著《いちじる》しく動揺した。いまにも床に落としそうだし、強く抱いた拍子に骨でも折ってしまいそうだ。そうしてはいけないと思えば思うほど、そうしかねない恐怖がつのる。

そんなことはありえないと笑うひとも多かろう。自分のことは誰よりも自分がよく知っている。そう思いがちだが、なにを根拠に確信できるのか。

ふだんはスイッチが入らないから気づかないだけで、みな自分が知らない自分を持っている。連日マスコミをにぎわせる犯罪や事故のなかには『自分フラグ』が起動したせいで、未知の自分が引き起こしたものもあるはずだ。

自分自身がわからないくらいだから、他人のことなどわかるはずがない。『「あなた」がこわい』では、身近な「あなた」への恐怖が短歌とともに語られる。ここで紹介された短歌はどれも静謐《せいひつ》でいて、しみじみと怖い。「迷い箸」「貧乏ゆすり」「爪を噛む」など「あなた」のささいな行為とそれを見つめる視線に、やがて訪れる破局の萌芽《ほうが》がかいま見える。

『原材料という不安』『現実の素顔』は、日常の裏側にひそむ怖さだ。

ファストフードやインスタント食品の原材料は、いくつもの都市伝説を生んだ。某チェーンのハンバーガーにはミミズの肉が使われているだの、フライドポテトは何年経っても腐らないだの、某カップラーメンのエビは昆虫だの、そんな噂がまことしやかにささやかれた。そうした都市伝説が生まれたのは、われわれ消費者と原材料が作られる現場との距離が離れすぎたせいだろう。

自らの命を養うものの正体がみえない。〈原材料という不安〉

昔の家庭では雛《ひな》から育てた鶏をシメて食卓に供したが、現代はそうした役目を他人に押しつけ、見ないふりをしている。みずからの手を汚さないぶん罪悪感は薄いが、現実を知ったときの恐怖は増す。メディアや虚構に刷り込まれたイメージにもおなじことがいえる。

何かの拍子に、そんな「我々の日常」の皮がべろっと剝けると、その下から見たこともないものが顔を出す。〈現実の素顔〉その瞬間、それまで抱いていたイメージとのギャップに誰もがたじろぐ。日頃親しんでいるものの裏側には、われわれの予想もつかないなにかが潜んでいる。といって日常の裏側にばかり眼をむけているとネガティヴな想像が膨らむ。

私の母親は、未知の体験に喜びよりも恐怖を見出すタイプだった。テレビのスポーツ番組を観ては「疲れるし危ないからやめればいいのに」といつも云っていた。本気なのだ。スポーツの魅力ではなく、真っ先にネガティヴな側面に意識が向かう。そんな母親に苛立ちながら、しかし、自分にも確実にその血が流れているのを感じる。〈夢の中、部屋の中、部屋の外、車の中〉

わたしも運動嫌いで不摂生ばかりしているせいか、わざわざ危険なスポーツをして怪我や病気のリスクを負うのが理解できない。ジョギングやマラソンが趣味の相手にむかって「ジョギングの神様と呼ばれたジム・フィックスは、五十二歳の若さでジョギング中に死にましたよ」などというから厭がられる。

死に対する恐怖の個人差や年齢による恐怖の変化を考察する『死の恐怖の増減』。ここにも穂村さんならではのネガティヴな視点がある。

私はコンビニの店内にヤンキーな人々がいると彼らが出ていくまでレジに近づかない。万一の接触をおそれるからだ。〈死の恐怖の増減〉

僭越ながら解説を仰せつかったけれど、穂村さんとは一面識しかない。

二〇〇七年に西荻窪《にしおぎくぼ》のトークイベントでお目にかかったきりだ。その席で穂村さんは、わたしの顔を見るなり「怖い」とおっしゃられた。わたしはたしかに強面《こわもて》で、どちらかというとガラのよくない身なりをしている。けれども実際は臆病者が強がっているにすぎない。

昆虫の擬態《ぎたい》のごとく捕食者を回避するため、意図的にガラを悪くした部分もある。穂村さんと対応は異なるが、あぶない人物との接触を恐れる点では共通している。

『自分以外の全員が実は』は、いつのまにか自分がよそ者になっているのに気づく怖さ。『鹿の上半分』は、穂村さんの実体験とおぼしい怪異との遭遇に戦慄《せんりつ》させられる。そういえば穂村さんには、以前わたしの怪談実話集に解説を頂戴したが、『小さな異変』でも拙著の一部をご紹介いただいている。

ビールが好きなのにビール券を送られて怒る友人が登場する『怒りのツ

ボ』や、よその家との習慣のちがいに驚く『よそんち』は、感覚の差異が不気味だ。その人物やその家にとっては当然のことが他人から見ると異常に映る。

覚えられない人名というものがある。好きな俳優なのに、すぐに名前をど忘れしてしまうとか。例えば、私の場合、「豊川悦司」がよく出てこなくなる。〈記憶の欠落〉

『記憶の欠落』は、文字どおり記憶が欠落する怖さだ。わたしは大酒呑みだから記憶が欠落するのは珍しくないが、あとで「ゆうべのこと、おぼえてますか」と訊かれるのがいちばん怖い。

『人生後半の壁』は中高年には切実な親の老いについての恐れ。『出てくる話』は意外な場所からありえないものがでてくる怖さを鮮烈な実話をまじえて描く。たとえば鞄のなかから蛇口。

個人的に驚いたのは『ケジャン』で、穂村さんが修羅場を潜った人間に憧れて、ときおりフィクサーやヤクザの画像検索をしているというくだりである。アウトロー小説を書いている関係で、わたしもそうした人物の画像や動画をよく見るからだ。

ただ強面なだけでなく味わいのある風貌が興味深くて、何度見ても飽きない。彼らの顔つきに凄みが生じるのは、一般人とは異なる恐怖と対峙しているせいだろうか。


本書を読み進めるにつれ、穂村さんが怖さを感じる対象は決して特殊ではないのに気づく。他人と自分との感覚のずれ、未知なる自分や将来への恐れ。ふだんは日常に埋没しているが、よく考えると怖い事柄を、穂村さんは深層に眼を凝《こ》らすことで丹念に拾いあげている。

怖いといっても随所に笑いを含んだ軽妙な文体のおかげで、そういうジャンルが苦手な読者にもすんなり読めるはずだ。とはいえ、さまざまな怖さのつるべ打ちに皮膚がじわじわ粟立つかもしれない。紙面の都合で収録作すべてには言及できないが、どれを読んでも斬新な視点にはっとさせられる。本書が第三十三回講談社エッセイ賞を受賞したのも、むべなるかな。

穂村さんは、いわば怖がる達人なのだ。

掉尾《とうび》を飾る『仔猫と自転車』は、仔猫が自転車のタイヤにじゃれついているだけの話だが、穂村さんの眼を通すことで読む者の胸を打つ。

仔猫はまったく違う。その小さな頭は、そんなこと何も考えていないのだ。

カラスも車もおそれていない（そもそも知らない）。

意味も価値も求めていない（そもそも知らない）。

ぷるぷるしながら、ただ、目の前の自転車のタイヤをつんつん、ふみふみ。ものすごく小さくて、弱そうだ。簡単に死んでしまいそう。なのに、夢中で楽しそう。

どきどきする。その純粋さに憧れる。〈仔猫と自転車〉

誤読を恐れずにいうならば、ここにはあらゆる怖さからの解放がある。仔猫や仔犬の無邪気な行動がわれわれをなごませるのは、意味や価値に縛られず恐れるものがなかった幼い頃を思いださせるからかもしれない。

（作家）

目次

穂村 弘（ほむら ひろし）

1962年、北海道生まれ。歌人。1990年、歌集『シンジケート』でデビュー。エッセイ、評論、絵本、翻訳などでも活躍中。著書に、歌集『手紙魔まみ、夏の引越し（ウサギ連れ）』『ラインマーカーズ』、エッセイ集『世界音痴』『にょっ記』『絶叫委員会』『君がいない夜のごはん』『蚊がいる』、詩集『求愛瞳孔反射』など多数。『短歌の友人』で伊藤整文学賞を、『鳥肌が』で講談社エッセイ賞を、『水中翼船炎上中』で若山牧水賞を受賞。

PHP文芸文庫　鳥肌が

2019年7月22日　第1版第1刷

著　者　穂村　弘
発行者　後藤淳一
発行所　株式会社PHP研究所
東京本部
〒135-8137　江東区豊洲5-6-52
第三制作部文藝課　03-3520-9620(編集)
普及部　03-3520-9630(販売)
京都本部
〒601-8411　京都市南区西九条北ノ内町11
PHP INTERFACE　https://www.php.co.jp/
印刷所　図書印刷株式会社
製本所　東京美術紙工協業組合
絵　えつこミュウゼ
装　丁　祖父江慎＋藤井瑶(cozfish)

　ISBN978-4-569-76943-1

＊この作品は、2016年7月にPHP研究所から刊行された。